講談社
文庫刊行の辞

烽火岛

[法] 凡尔纳 ◎ 著

梅昌娅 ◎ 编译

汕头大学出版社

图书在版编目（CIP）数据

烽火岛 /（法）凡尔纳著；梅昌娅编译. -- 汕头：
汕头大学出版社，2018.3（2022.1重印）
　　ISBN 978-7-5658-3425-7

　　Ⅰ. ①烽… Ⅱ. ①凡… ②梅… Ⅲ. ①科学幻想小说
-法国-近代 Ⅳ. ①I565. 44

中国版本图书馆 CIP 数据核字（2018）第 006891 号

烽火岛	FENGHUODAO

作　　者：（法）凡尔纳
编　　译：梅昌娅
责任编辑：宋倩倩
责任技编：黄东生
封面设计：三石工作室
出版发行：汕头大学出版社
　　　　　广东省汕头市大学路 243 号汕头大学校园内　邮政编码：515063
电　　话：0754-82904613
印　　刷：三河市天润建兴印务有限公司
开　　本：690mm×960mm 1/16
印　　张：12
字　　数：173 千字
版　　次：2018 年 3 月第 1 版
印　　次：2022 年 1 月第 2 次印刷
定　　价：59.80 元
ISBN 978-7-5658-3425-7

版权所有，翻版必究
如发现印装质量问题，请与承印厂联系退换

导 读

  凡尔纳，本名儒勒·凡尔纳（1828—1905），法国小说家，法国科幻小说的奠基人，被公认为现代科幻小说之父。

  凡尔纳出生在海港城市南特的一个律师家庭，他在中学里顽皮成性却成绩优异，毕业后遵从父亲的意愿攻读法学，1849年在巴黎获得法学学士学位。他在巴黎幸运地结识了探险家雅克·阿拉戈，并与雅克·阿拉戈经常出入天文学家、物理学家和地理学家等科学家的住所，并与他们交往颇深。凡尔纳在他们的影响下刻苦钻研数学、物理、化学和地理等自然科学，同时阅读当时流行的爱伦·坡的侦探小说，借以丰富自己的知识和提高写作技巧。

  凡尔纳还是许多发明家的老师，他的科学幻想内容写得那么详细准确，头头是道，以致许多学术团体推算他书中列出的数字，有时要用几个星期的时间。因此，他的小说充满了科学性，许多科学幻想后来都成为了现实。

  希腊从14世纪中叶至15世纪被土耳其征服后，属于奥斯曼帝国的一部分。

  1821年起，希腊人民为了反抗异族统治多次爆发起义。经历多年的浴血战斗，以及欧洲各国人民组成志愿军的支援，希腊才于1829年获得独立。

本书这部小说就是以这场独立战争为背景，对反对外族侵略的独立战争中的希腊民族英雄高度赞扬，对背叛祖国的那些人进行了批判，同时对侵略其他国家的行径进行了谴责。

本书写的是在希腊人民为争取自由的斗争中，法国军官亨利·达巴莱来到希腊参加战斗期间，他爱上银行家的女儿哈琼娜，两人情投意合。哈琼娜的父亲死后，她继承了一大笔遗产，在得知这笔巨款并非合法收入后，她就将这笔钱悉数捐出以拯救在战争中被敌人俘获、沦为奴隶的希腊人。在这过程中，她本人也不幸沦为奴隶。

"卡里斯塔号"船长尼古拉·斯塔科是个恶贯满盈的海盗头目。他不知内情，以为哈琼娜仍很有钱，便拼命追求她。亨利·达巴莱为正义事业，也为自己心爱的女人，与尼古拉·斯塔科展开了长期角逐。

在一次奴隶贩卖的交易中，亨利·达巴莱和尼古拉·斯塔科竞相叫价，最后时刻，亨利·达巴莱取得成功，于是尼古拉·斯塔科发动海盗抢劫。战斗中，亨利·达巴莱屡遭险情，但最终打死了尼古拉·斯塔科，赢得美人归。

小说情节曲折，扣人心弦，同时还穿插了许多历史地理知识，是儒勒·凡尔纳的一部别具特色的作品。

目 录

海上称霸……………………………………… 001

面对母亲……………………………………… 013

顽强抗争……………………………………… 022

富裕之家……………………………………… 034

梅赛尼亚海岸………………………………… 051

神威炮舰……………………………………… 061

斗争到底……………………………………… 073

为了两千万…………………………………… 084

浪里炮火……………………………………… 095

群岛的战争…………………………………… 106

杳无音讯……………………………………… 120

斯卡庞陀的拍卖……………………………… 137

登上"西方塔号"……………………………… 151

萨克拉迪夫…………………………………… 163

结　局………………………………………… 173

海上称霸

"嗖"的一声响,一艘轻便的小艇顷刻间在地中海东部的海域飞驶了20海里。这一天正是1827年10月18日,只见天边夕阳西下,已近黄昏。

这艘行驶速度极快的轻便小艇正乘风破浪赶往克隆湾的维铁洛港。维铁洛港历史悠久,有古书记载它原名为奥铁洛斯港,位于伊奥尼亚海和爱琴海的3个深凹的锯齿形缺口的其中一个。

这3个锯齿缺口把希腊南部锯成了一片法国梧桐叶的形状。古代的伯罗奔尼撒就是在这片叶状的土地上发展起来的,现代地理称其为默里亚。

维铁洛港的地理位置得天独厚。它的东岸边缘被海水冲刷而断裂,在一个不规则的小海湾深处是泰甲特山脉沿海的第一组山梁分支。维铁洛港的大海底部很是坚实,走向很好,再加上有高山屏障,港口的四周水势较平缓,狂风不来,暴雨不袭,这正是避风避浪的好地方。

此时的轻便小艇正迎着西北偏北方向的凉风向维铁洛港渐渐

驶近，但在维铁洛的码头上还看不见呢！因为它们还隔着6000米至7000米的距离呢！

虽然此时的天气非常晴朗，那艘船的最高的帆篷边饰浮现在地平线那光亮的背景上，但在岸上仍然几乎什么也看不清。不过，低处看不到的东西，高处却可以看见，也就是说，从俯临村庄的山峰上可以望见。

维铁洛港建筑在陡峭的山岩上，整体呈古罗马圆形剧场状，这里原是古希腊的要塞，凯拉法曾据此防御。如今的山顶还颓立着几处古塔废墟，年代要比那些奇异的塞拉比斯庙宇晚一些。

维铁洛的教堂上装饰着伊奥尼亚式的柱子。这些古塔附近还立着两三座烟火稀落的小教堂，分别由几个教士照看着。当时的希腊，宗教只是基督教与异教传说的奇异混合物，许多信徒把古代的女神看作新教的圣人。正如亨利·贝尔先生所说："他们把半人半神与圣徒、山谷里迷人的妖精与天堂的天使混为一谈了，既向水怪祈求，又向圣母祷告。"因此，某些稀奇古怪的、一反常态的做法还真是叫人发笑，而且有时连教士们自己都弄不清楚呢！

教士们一天到晚就会拿着几个可疑的圣像到处让善男信女们亲吻，要不就在某处神龛前面给长明灯添添油，之后就再也没有什么事情可做了。教会可以征收什一税，于是教士们替人忏悔、安葬或洗礼也可以挣几个钱，可这点收入实在是微薄啊！所以不得不说，这些可怜虫已经堕落到最下层的平民之列了。他们对于为沿海的居民干点守望警戒之类的差事并不反感，可是这又算得上什么警戒啊，无非是从当地居民手中挣几个铜子罢了。

这下，维铁洛的水手们也学会了懒散的那一套，干几分钟活就要躺下休息好几个小时。突然，他们看见一个替他们警戒的教士正晃着膀子，飞快地朝村子里跑来，于是水手们这才懒洋洋地站起身来。

这个教士大概有50多岁，长得肥硕、粗大，看来是由于懒惰积下来的肥膘，那副油头滑脑的样子实在是令人难以相信他说的话。

"喂，发生什么事啦，教父？"一个水手迎着教士跑了过去，正大声的询问道。

维铁洛人讲话时的鼻音很重，让人以为纳宗鱼曾经才是他们的祖先呢！在玛涅人的土语中，希腊语、土耳其语、意大利语和阿尔巴尼亚语混在一起，让人以为他们还生活在巴贝尔时代呢！

"是伊布拉欣的军队侵入了泰甲特高地了吗？"另一个水手问道，说话的同时还做了个无所谓的手势，这使他看上去丝毫没有爱国之情。

"又不是法国人来了，这跟我们有什么关系呀？"第一个水手大声嚷道。

"他们都一样！"第三个人反驳道。

从这些答话中可以看出来，尽管目前希腊战事正处于最残酷的阶段，可它却没能引起这些住在伯罗奔尼萨边缘地带的土著居民的多大兴趣。而此时这个胖教士对谁都答不上话来，因为他一直气喘吁吁地从山崖的陡坡上往下跑，他那患有哮喘病的胸部还在不停地喘息着。他想说话，却实在是说不出来。

"哎，教父，你倒是快说呀，说呀！"一个叫高佐的老水手对教士喊道，他比任何人都更不耐烦，好像已经猜到了这个教士要说些什么。

这时，教士终于喘过气来，用手指向天边说："我发现了一艘船！"

一听这话，所有人都站起来了，随后便爬上一块高踞港口上的岩石。因为从那儿，他们可以一览无余地看清整个海面。

只听那教士冷冷说道："到了！越来越近了，大伙儿做好准备吧！"

水手们个个都呈现出一副兴高采烈的样子，看这情形，好像他们都是对眼前这件马上要做的事情有手到擒来之感。这在外人看来，可能会以为他们这是因为远航的船只唤起了水手们对大海的向往和种种回忆，可事实却不是这样的。

由于欧洲各强国的主张和签订了1829年的《安德力诺波尔条约》，这里就变成了独立的王国。玛涅人，或者说是生活在这个狭长海湾尽头的被叫做玛涅人的居民，他们还处在半野蛮的状态，他们只关心个人的自由，而这种自由远远多于国家的存亡。就像柯西加人一样，他们好吵架，报复心极强，家族间的恩怨只有鲜血才能了结。他们生来就有强盗的本性，但又热情好客；若是偷盗时需要杀人，他们也乐意充当杀手。这些粗野、钢硬的山民还自称是斯巴达人的后裔。

维铁洛人在海上打劫那些商船，在陆地上用假信号诱骗船只，然后再把船洗劫一空，最后放火烧掉。无论是土耳其人，还是马耳他人、埃及人、希腊人等，维铁洛人都毫不怜惜地把他们杀死，或是把他们当作奴隶卖到北非的沿海地区。

而维铁洛港正好是这些人打劫商船的最佳地点。可这儿已经有几周都没有抢到船了，没有一艘船从玛涅沿岸经过。所以当喘息未定的教士们终于看到有一艘船驶来时，马上就爆发出一阵欢笑。几乎同时就能听到木钟敲响的声音。因为土耳其人不准他们使用金属钟，所以附近的几个省都用金属锤敲击木头钟。虽然这钟声很是悲沉，但它足以把这些贪婪的人聚拢起来。只见那些男女老少，还有凶神恶煞的狗统统都出来了，所有的人在屠杀中都会派得上用场。

此时那些维铁洛人已经全部都聚集在了高高的山崖上了，他们正在交头接耳的探讨着，教士所说的那艘船究竟是什么样的一艘船呢？

这时已临近夜晚了，凉凉的夜风将那艘船吹向了沿海的偏北方向。由于船的后身涌起了白色的浪花，使聚集在山崖上的维铁洛人很难分辨出这是一条什么样的船，于是人们便纷纷猜测起来。

"它是一条头帆三桅帆船，"一个水手说道，"因为我看到它的前桅桅柱上挂着方形的帆篷！"

"不对，是一条翘梢子三桅帆船！"站在水手旁边的另一个水手反驳道，"你看它的后梢多高呀！"

这时，老高佐说道："管它是头帆三桅帆船，还是翘梢子三桅帆船，反正都是三桅帆，只要它能给我们带来吃的和用的就行！不过三桅帆要比双桅帆要好，因为只有三桅帆才会给我们带来我们想要的东西。"

人们听着老高佐那颇有道理的分析，便更加关注船的样子了。虽然船正在朝他们驶来，也离得越来越近了，但他们仍然看不清那到底是条什么样的船。

"唉！希望我们等的不是条斜桅小帆船。"高佐无奈地说道。

"也有可能是一条长条帮船呢！"那个肥胖的教士大喊起来，他的心里同他的那些信徒一样失望。

不管他们猜测出这是一条什么样的船，它的载货量都在100到120吨左右。总之，不管船上的货多不多，只要东西值钱就行。有时这种简易船或长条帮船也会运载贵重的酒、上等油或值钱的布料等东西。那也很值得去干一场，不花多大力气就可以捞上一笔，所以此刻还不能泄气。再说，这些经验丰富的老水手们已经看出这船外形很好，不会没有油水的。

太阳渐渐消失在伊奥尼亚海平面上，但10月的暮色还留住一线光亮，大概还要一小时天才会黑透，因而来得及看清这艘船。

那艘轻便小艇离维铁洛港口已经很近了，维铁洛港口站守的教士和强壮的水手们都屏声敛气，聚精会神地等待着前方不远处那艘小艇的到来。

当那艘轻便的小艇近在咫尺的时候，高佐瞧得清楚，这哪里是什么好货色，原来是一艘小帆船。水手们的沮丧立马变成了一通咒骂。

现在关于是什么船的问题已经没有必要再争论了，因为大家已经确定了，驶进克隆湾的确实是艘小船。不过，也许犯不着生气，经常有这样的小船装着大量贵重的货物。

只见此船的舷弧略微朝后翘起，三桅单杆上张有纵帆，主桅前倾得也很厉害。船首有两块三角形的小帆，船尾有两根高低不同的桅杆配两张尖形帆，这样的装备使它看上去很特别。

它随波起伏，浪花在舷边翻飞，轻巧地腾跃，好像大鸟的翅膀掠过海面，在夕阳的余晖中闪烁不定，再也没见过比这艘轻盈的小船更漂亮的了。

虽然此时的海风已经开始越来越大了，但那条三桅小帆船并没有降下帆篷；甚至连活动的小帆也没有降下来。如果换作一个胆小的水手，肯定早就把帆篷降下来了。显而易见，这条船是想靠岸。

高佐等人在港口驻足了15分钟，见轻便小艇越驶越近。

"喂！"有一个人叫道，"它好像总是紧贴着风行驶，并不像要靠岸啊！"

"叫鬼缠住它才好呢！"另一个人答道，"它是想掉头到别的港口去吧？"

"它是驶向克隆湾吗？"

"要不就是去卡拉马塔？"

这两种猜测都有道理，克隆湾是商船在玛涅沿岸最常靠岸的港口，它是希腊南部大量油料的输出港。而卡拉马塔湾坐落在海湾的尽头，它的露天商场货物丰富，都是从西欧各国运来的工业品、布匹和陶器等。所以说，很有可能小船是为这两个港口中的一个运送货物的。这对于那些一心想打劫的维铁洛人来说，无疑是一个沉重的打击。

正当这群人还在观察时，小船已经飞速地进入了维铁洛港湾。这可是生死攸关的时刻啊！如果它继续向海湾深处驶去的话，那高佐和同伙们就会失去这次机会。要是那样的话，即使他们跳上最快的小艇也无法追上它，因为那艘船正张开巨大的风帆前进，速度很快。

"它来了！"

高佐估计得没错，船舵已经顺着风向转了过来，小船此时直奔维铁洛港口来了。与此同时，它还降下了顶桅上的活动帆和第二层三角帆，接着，第三层帆也卷了起来。现在，收起风帆的船就全靠舵手掌握了。

这时，天已经开始黑了，但时间刚好够帆船到维铁洛的航程。这里的海底到处都是暗礁，如果不能及时避开的话，会撞得粉身碎骨的。但小船的主桅上并没有升起要求领航的小旗子，看来船长对这一带水域的危险情况了如指掌，不然他是不会贸然行驶而不请求帮助的。

没一会儿，小船便平安无事地靠近了，现在离维铁洛港只有500米了。它很果断地要靠岸了，可以想象得到，操纵此船的人一定是个很了不起的人物。

岸上的人对此很不满意。他们想着这艘船会撞到岩石上，这样一来，他们就可以坐收渔翁之利了，礁石无形中变成了他们的同谋。只要船先失事，然后就是抢劫了，这是他们通常的做法。这样就可以免去他们要进行的一场白刃战了，要是直接攻击，他们的人也有可能会伤亡。要知道船上都是些骁勇的水手，要进攻肯定是要付出代价的。

于是，高佐一伙人离开了他们的观察所，急忙来到了港口。现在，他最主要的就是要把小帆船指引一个错误的方向，让它在狭窄的航道里触礁翻沉。不管这艘船只是来自西方还是东方，最好是利用天黑来搞垮它。但此时的天还不算太黑，所以行动起来会很困难。

"到信号灯那边去！"高佐的命令简单明了，他的同伙们已经习惯了这种命令。

两分钟后，那盏挂在一根桅杆顶上的小灯突然熄灭了。就在同时，另外一盏灯代替了这盏灯。一开始的时候还按原方向放着，随后便不断移动。如果说第一盏灯是为航海者引航，那第二盏灯由于不断移动，就会把船引出航道撞上暗礁。

其实这盏灯的本身并没有什么不同，不同的是这盏灯被挂在了山羊角上，由人赶着羊在陡峭的斜坡上慢慢走，灯随动物移动，把船引入歧途。维铁洛人可不是第一次干这种事了，而且他们的罪恶勾当从没有失败过。

这时，小船刚刚驶进航道，它就收起了主帆，只剩下船尾还张着三角帆。收掉这些帆，它也完全可以使小船顺势到达停泊地点了。

然而让岸上人惊讶的是，小船正以一种令人难以置信的平稳速度在前进。此时的它正穿过曲折的航道，它似乎对那个挂在山羊身上的活动灯光根本就不理睬，就算是白天也不会比这更稳的行船了。看来船长一定是常在这一带行船，才会熟知此地的一切。

这时，人们已经看到了那个大胆的海员了，他的半个身子已经清清楚楚地在帆船船头的阴影中显现出来。他全身都裹在他那土耳其毛布的大布衣褶中，这是一种类似羊毛大衣似的的斗篷，斗篷上的风帽盖在他的头上。

说实话，这位船长的衣着并不像人们在群岛间的海域上见惯了的那些船长们，他们通常是一边驾船一边捻动手里的大念珠。可他不是，他只专心地用一种低沉而平静的声音，时不时地向小船后梢的舵手传达命令。

这时，那盏在峭崖上移动的灯熄灭了。小船不为所动地继续前行，那些暗礁微微露出水面，几乎无法觉察。一时间，人们还以为航行的错误会使小船冲向位于离港口200米处的一块微微露出水面的险礁呢！可是小船的舵柄只把方向稍偏了一下，那块暗礁就擦船而过了。

临到第二个浅滩时，它又以同样的老舵手的敏捷避了过去。瞧那浅滩，只有狭窄的一条航道可以通过。在这浅滩上，不管那领港人是不是跟维铁洛人是同谋，已不止一艘船曾经触过礁啊！只要一失事，船就可以毫无抗拒地送上门来，但是维铁洛人这一回可没有指望到。再过几分钟，小帆船就要在港口下锚停泊了。

水手们事先已经商量好了，因为天黑下手是最有利的。

"上船！"老高佐一声令下，水手们对命令反应极快，尤其是抢劫的命令。

只见30多个壮汉，有的手里拿着手枪，有的挥舞着刀斧，立马便冲上了系在码头边的小艇上，他们的人数显然比小帆船上的人还要多。

正当小船离高佐等人的船还有10余米时，小船突然停住了。船员们并没有显得很惊讶，因为他们早就听说了维铁洛人的臭名声，此时的他们已全部武装好了，以便在必要时进行反攻。

船上的人对维铁洛人的到来毫不在意，他们只顾着静静地整理帆具，并把甲板收拾干净。只不过，帆篷并没有卷紧，只是将它压在绳索下，方便随时都可以扯帆起航。

当第一艘小艇从船舷靠了过去后，其余的小艇也都立刻跟了上来。由于船舷并不高，攻击者一步就跨上了甲板，嘴里还拼命地叫喊着。

不知是谁拿了一盏灯照在了船长的脸上。只见船长大手一挥，把风帽甩在了肩上，随后大声说道："伙计们，难道你们维铁洛人不认识你们的老伙计尼古拉·斯塔科了吗？"

船长说完，便把两只手抱在胸前，他看上去显得很平静。过了一会儿，只见那些小艇迅速地离开了帆船，消失在港口深处。

面对母亲

等10分钟过后,一艘轻便的快艇便载着一个人离开了三桅帆船,并把他带到了港口。这使见到他的人都连连退后,因为此人正是"卡里斯塔号"——也就是刚刚进港停泊的那艘帆船的船长尼古拉·斯塔科。

斯塔科身材中等,头上戴着一顶厚实的水手帽,水手帽下露出的是他高傲、宽阔的前额。在他那双严峻的眼睛里,射出了坚毅的目光。他的嘴唇上面留有两撇克拉夫特式的胡须,一头黑色卷发披散在肩头。要是说他已经有35岁了的话,那他此时看上去要比实际年龄大得多。他有着一张被海风吹黑了的脸,而且容貌严峻。额上的皱纹道道都像用犁耙犁出来的,在那里实在看不出有一丁点儿的诚实。

斯塔科的身上套的既不是外套也不是背心,更不是帕利卡尔地区的希腊男子所穿的短裙。他套的是一件东方式的带风帽的皮长袍,褐色的风帽上还有饰带装饰。他下身穿一条墨绿色有大褶皱的裤子,裤脚塞在皮靴里,这副样子倒叫人以为是北非一带的海员装束。然而,斯塔科却是土生土长的希腊人,老家就在维铁洛港。他在这里度过了青少年时代,从小就在这些岩石中学会了海上生活。

斯塔科曾随着急流和大风在这一带海域航行过。没有一处小海湾是他没有探测过它的水深和回流的,也没有一块暗礁、一块沙洲、一块水下岩石是他不知道的。即使在没有罗盘和领航员的情况下,他也可以在这曲折迂回的航道中顺利航行。

另外,斯塔科知道维铁洛人大多数是不可靠的,从小他就亲眼目睹过他们的恶劣行径。也许,他对这种强盗式的劫掠并不反感,所以也就不怎么跟这些生性爱好劫掠的人过不去。

但是,既然斯塔科认得他们,那么"尼古拉·斯塔科"这个大名也同样为他的这些同乡所熟悉。他的父亲是被残酷的土耳其人杀死的成千上万的牺牲者之一。父亲死后,他的母亲满怀仇恨地投身到第一次反对奥斯曼帝国暴政的起义中。

在斯塔科18岁时,他就离开了玛涅地区,之后在群岛之间的海域上漂泊。他不仅成为了一个熟练的水手,还成为了有名的江洋大盗。

在这段时间里,他究竟做过哪些坏事,开始时挂的哪一种旗帜,手上沾的是哪些人的血,是希腊的敌人还是希腊抵抗志士的血?其实这种血也在他的脉管里流着,只不过除了他本人以外谁都不知道。

然而人们却在克隆湾的不同港口见到过他,他的同乡中有些人能说出斯塔科的那些海盗业绩，比如袭击并毁掉那些载有贵重货物的商船等。于是，尼古拉·斯塔科的名字就有了某种神秘感，大家在听到这个名字时都会不禁肃然起敬。

这就足以说明为什么维铁洛人会接待这个人了，为什么他的出现会使这些人退避三舍，为什么他们一认出执掌这艘船的人是他，就纷纷放弃了劫船的念头。

当"卡里斯塔号"船长一靠近码头，就有不少的男男女女争先恐后地前来迎接他。斯塔科一走上岸，周围便立刻鸦雀无声了，仿佛他具有偌大的威风能震慑住周围的人似的。众人都在等他开口，如果他不先开口讲话，那别人就更不敢出声了。

随后，尼古拉·斯塔科便命令快艇上的水手回到艇上去后，自己便径直向港口深处的码头走去了。可是他刚走20来步，就停了下来，转身对跟在他后面的那个好像随时听命于他的老水手说："高佐，我需要10个精明能干的水手来填补我的船员！"

高佐道："好的，没问题，斯塔科！"

"卡里斯塔号"船长要他先在当地居民中找出100个人，然后再从中挑选。这100个人，他们全都不问斯塔科会把他们带到什么地方，也不问去干什么，不问为谁去航海或者打仗。他们决心跟随他们这位同乡，和他同生共死，因为他们知道，不论他们去跟他做什么，都会得到好处的。

"这10个人要在一小时后到'卡里斯塔号'船上。"斯塔科补充道。

"我会准时把人送到的。"

斯塔科说完便一挥手,示意高佐不要再跟着他一道走了,他想独自踏上堤坝尽头的圆形码头。

高佐遵照他的意思,回到了他的伙伴那里,之后便急忙着挑选那10个精明能干的水手去小帆船上当船员。

而这时的斯塔科已经渐渐爬上了维铁洛小镇上方悬崖的斜坡。在这片高地上,没有任何别的声音,只能听见凶恶的狗一片狂吠,这对旅行人来说几乎跟豺狼一样可怕。这些狗都长着硕大的脑袋,坚实的下颚,脾气很是暴躁,棍棒根本就无法对付它们。

没一会儿,斯塔科便走到了维铁洛村边的最后几幢房屋,踏上了环绕岩寨的一条崎岖小路。他沿着城堡的废墟走了一会儿,这里原来是维勒·哈尔都安建立的。接着,他又绕过绝壁上那些犹存的古老塔楼的旧墙基。他在那儿站了一小会儿,便转身离开了。

之后,斯塔科便来到一座低矮的木头小屋前。它简陋破败,孤零零地立在丛林中,只有一条羊肠小道可以通往。木屋周围围了一圈荆棘做的栅栏,还种了几棵光秃秃的小树。看样子,这个房子似乎已经很久都没人住了,荆棘编成的绿篱已经残缺不齐,有些地方又浓又密,有的地方荒芜成大洞,根本就不能算是保护木屋的栅栏了。

为什么会出现这种荒凉的景象呢?那是因为房子的主人已经

去世多年了；是因为他的遗孀——安德罗妮可·斯塔科已经离开故乡，奋不顾身地去参加了那场在独立战争中立下卓越战功的英勇的娘子军了；也是因为他们的儿子自从离家以后，就再也没有回来过。

是的，这里就是尼古拉·斯塔科出生的地方，他的童年时代也是在这里度过的。他的父亲是个忠厚老实的人，他当了一辈子水手，等他退休后就住在这木屋里。但是，他的父亲跟维铁洛的人不大来往，那帮人的残暴让他感到害怕。因为他受过些教育，有点儿文化，所以比起那些港口的人来说生活过得算是好一些。他就这样一直跟老婆孩子住在这里，过着悠闲自在的生活。

但是好景不长，他们的家即便是在这半岛的最边缘，也没能逃脱土耳其宪警的魔掌。直至有一天，斯塔科的父亲实在忍无可忍了，于是便毅然投军参加了抵抗压迫者的斗争，并为此献出了生命。

父亲不在了，也就没人教导斯塔科了，他的母亲也根本就管不住他。于是，斯塔科就弃家而去了，凭着家里祖传的高超水手的本领，开始做起了海盗的勾当。

这10年来，斯塔科从来都没有回来过，他的母亲也有6年没住在这个房子里了。但这地方一直都有传闻，说是安德罗妮可曾经回来过，甚至还有人看到过她，但是她待在这里的时间很短，每次回来也不跟维铁洛人往来。

斯塔科在此之前从没回来过，虽然他偶尔会顺路回到玛涅一两次，可从没产生过要看看悬崖边上这座简陋小屋的想法，也不想知道荒废的小屋破旧成什么样了。

至于他的母亲，斯塔科从来都不提他的母亲。其实，在那场希腊被鲜血浸染的战争中，斯塔科或许听说过安德罗妮可的名字。如果他的良心还没有完全泯灭，那这个名字一定会使他的良心感到一阵内疚吧！

今天，斯塔科在维铁洛泊船，可不仅仅是为了补充10名水手，而是他有一个愿望，也可以说是一种急迫的本能，他自己可能意识不到的本能正驱使着他来到这里。

斯塔科想再看看他的老家，也可能这是最后一次让他的脚再接触到儿时曾经在上面学步的土地，很想在他呼出第一口气、咿呀学语的屋子里闻一闻那关闭在四壁之间的陈年气息。是的！这才是斯塔科刚刚登上那个悬崖的崎岖小路，在这个时候还呆站在低矮围墙篱笆前的真正原因。

当他再次看到这些往昔的事物时，他不禁整个身子都在微微地颤抖。他是在这里出生的，面对着自己的母亲亲手把他养大的地方，他难道就没有任何的感触吗？生命之弦不可能腐朽到如此地步，怎么可能会连任何回忆都引不起他心弦的丝毫振动呢？

斯塔科当时的心情就是这样的，他站在废屋的大门前，屋里一片漆黑。

"进屋去吧！快进屋去吧！"

斯塔科终于开口说话了，其实也不过是在小声嘀咕，仿佛他害怕被人听见或是引起某些过去的回忆似的。

没有什么能比走进围墙更容易的了，因为栅栏门开着。在这里连扇门、连个棍棒都用不着推开。斯塔科跨过栅栏，停在屋子面前，只见屋子的挡雨披檐都已被雨水侵蚀得不成样子，挂在上面的铁器也已经是锈迹斑斑了。

就在这时候，一只灰色的林鹗突然"哇"的一声惊叫着从遮住门槛的一簇黄连木中飞了出来。斯塔科犹豫了一下，他迫使自己把目光坚决地移向最后一间屋子。然而他又暗暗对自己的这些想法感到生气，还伴有些内疚。

于是，斯塔科在进屋前先绕着房子转了一圈，就像小偷在进屋偷盗前先侦察一遍似的。斯塔科沿着断裂的墙壁，绕过长满青苔已经风化了的尖屋脊，并用手摸索着已经动摇了的石块。

就这样，斯塔科慢慢地走了一圈，阴暗的屋子保持着一种令人不安的沉寂，似乎这屋子里有鬼怪或是别的什么东西。随后，他又回到了朝西的屋对面，然后走到门边，想推门试试里面是否上了锁。如果锁住了的话，那就得用点儿力气了。

顿时，他感觉自己的热血一下子便涌上了脸颊，他觉得自己的脸一阵发红，而且就像人们常说的血红色。在这间屋子里，他真的很想再看一次，但他此时却不敢进去。他好像看到自己的父亲、母亲出现在门口，正伸出手在指责他、诅咒他，说他是坏儿子、坏公民，背叛了家，背叛了祖国！

就在这时，门突然开了，一位妇女出现在了门口。她一身玛涅人装束——一条镶红色边子的黑布裙子,紧腰身的暗色上衣,头上戴着一顶浅棕色的又宽又大的软帽,脖子上围着希腊国旗颜色的方巾。她看上去神情冷峻,黑色的大眼睛带点野性的粗犷,而那被太阳晒得黝黑的脸庞就像是地中海沿岸的渔家妇女一样。尽管她已经60多岁了,但身板却很挺拔。

这个妇人就是安德罗妮可·斯塔科——尼古拉·斯塔科的母亲。现在,这一对分离了很久的母子,终于有机会面对面站在一起了。斯塔科没有想到会遇到自己的母亲,着实地吓了一大跳。

只见安德罗妮可将双臂一横,不许她的儿子进门。而且还用一副让人战栗的嗓子叫嚷着:"尼古拉·斯塔科,你永远也不准进你父亲的屋子!永远不准!"

斯塔科在这道禁令面前屈服了,他慢慢地向后退去。生他养他的母亲此时就像驱逐叛贼一样地赶他走,斯塔科内心还想再上前一步……但母亲却是更坚决的摆手、更严厉的责骂使他不得不停下脚步。

斯塔科愣了一会儿后,便转身逃跑了。他飞快地跨过围栅,向着悬崖小路头也不回地跑去,像是无形中有一只看不见的手在后面推着他的肩膀一样。

安德罗妮可就站在门槛前一动不动地看着斯塔科消失在夜色中。

10分钟过后,尼古拉·斯塔科回到了港口,此时的他已恢复了之前的镇静。他向他的小艇喊了一声，然后就跳上了船。这时，高佐为他挑选好的10个壮汉也已经在船上了。

尼古拉·斯塔科登上"卡里斯塔号"的甲板后，随即便打了个手势，下令开船。

启航的准备工作很快就做好了，只要一扬起落下的风帆，船就马上出发可以。这时刚好从陆地上吹来了一阵风，使得小帆船顺利地驶出了港口。

几分钟后，"卡里斯塔号"船就已经平平稳稳地、静悄悄地驶出航道。

可还没行驶到1海里远，斯塔科就看到悬崖的最边缘一片火光冲天，那是他家的方位。是的，那是他的母亲亲自点起了这场大火，因为她不愿意她儿子出生的这所屋子还留着。

斯塔科就这样目不转睛地望着家里燃起的这场大火。他站在黑夜里，一直看到大火最后熄灭。

斯塔科的脑子里反复回想着刚才母亲说的那句话："尼古拉·斯塔科永远不准进他父亲的屋子！永远不准！"

顽强抗争

早在史前时期，地球在内部力量的挤压下，其坚硬的外壳开始变形。这种内部力量也许来自水也许来自火山，希腊就是在一次灾变中被推出了海平面。它在群岛间吞掉了大量的陆地，只露出一些小小的高地，而希腊恰恰正位于塞浦路斯到托斯卡纳这条火山线上。

希腊人的肉体和精神被这块经常震动的土地上赋予了动荡不安的本能，这使他们在创造英雄业绩中大显身手。正因为他们天赋中具备了这种不屈服的勇气和高昂的爱国热情，所以才使他们从奥斯曼帝国统治下解放出来，成为了一个独立的国家。

在更久远的年代时，这里是佩拉斯哥，这里居住着许多亚洲部落。公元前16世纪至14世纪才被称为古希腊，才有了希腊人。这其中有一个部落叫格拉依。那是产生寻找金羊毛的阿耳戈英雄们、西拉克里德王朝和特洛亚战争的神话时代。

近代希腊孕育了许多不朽的伟人，从李古尔格开始，相继出现过米尔希亚德、戴米斯托克勒斯、亚里斯迭德、莱奥尼达斯、埃思库罗斯、索福克勒斯、阿里斯托芬、希罗多德、修昔底德、毕达哥拉斯、苏格拉底、柏拉图、亚里士多德、希波克拉底、费底亚斯、伯利克勒斯、亚尔希比阿德、贝罗比达斯、艾巴美农达斯、戴莫斯代纳等人物。

之后还有马其顿王国的菲力普和亚历山大。最后到了公元146年，希腊成了罗马帝国的一个省，改名阿萨意，并延续了400年之久。

自从这个时期以后，侵略便接踵而至。入侵者先后有西哥德人、汪达尔人、东哥德人、保加利亚人、斯拉夫人、阿拉伯人、诺尔曼人和西西里人。

在13世纪初，又被十字军所征服。15世纪的时候被划分为大批世袭领地，这个在古代和新世纪中一直是多灾多难的地方又落于土耳其人手中，置于伊斯兰教的统治下。

可以说有200多年希腊已没有了政治生活。在这里作为政权代表的奥斯曼帝国的官员们的专制权力是毫无限制的。希腊人既不是附属国臣民，也不是被征服者，甚至不算是战败者，因为他们是奴隶。手执大棒的伊布拉欣帕夏，左有行刑介拉（或称刽子手），右有伊玛姆（或称教长），他把希腊人死死地踩在脚下。

可生命和活力并没有抛弃这个垂死的国度，它终于在极度痛苦中震动了。1766年，伊皮鲁斯的蒙特纳格兰人最先发动了起义。1796年玛涅人和阿尔巴尼亚的苏利奥人也相继起义，宣布独立。但到了1804年，所有的起义都被贾尼那的阿里·德·戴布朗镇压下去了。

如果欧洲列强不想坐观希腊败亡的话，那么此时正是要干涉的时候了。毫无疑问，如果只是单靠希腊人以自己微弱的力量来寻求独立的话，恐怕只有死路一条了。

在1821年，阿里·德·戴布朗本人也举兵起义反对马哈默德苏丹。他号召所有希腊人给予援助，并答应给他们自由。于是，希腊人便成群起事，欧洲各国热爱希腊的人士都争先恐后地前往增援。这其中有意大利人、波兰人、德国人，而最多的是法国人，他们纷纷起来反抗压迫者。

在反压迫者行列中，杰出的代表有：捷·德·圣海仑纳、加耶、肖瓦塞涅、巴莱斯特上尉和儒尔丹上尉、法布维埃上校、勒诺德圣·让当热利队长、梅宗将军，其中还应当加上3个英国人，即柯奇恩爵士、拜伦爵士和哈斯汀爵士，他们为了这个国家的战斗而献出了自己的生命，并留下了不可磨灭的记忆。

当然，除了这些忠于反抗压迫者事业的斗士外，希腊本土人也出现了一批创造光辉业绩的英雄人物，像伊德奥特三兄弟、通巴哲斯、查马多斯、缪乌利斯以及后来出现的戈洛高特隆尼、马可·波查里斯、莫洛戈尔达多、摩洛米沙利斯、康斯坦丁·加纳里斯、那格里斯、康斯坦丁和德麦特吕斯·西普斯朗德斯、于利斯以及其他许多不知名的英雄人物。

起义一爆发,便演变成了一场以牙还牙、以眼还眼的拼死的争,双方都挑起了最恐怖的报复行动。

等到了1821年,苏里奥特和玛涅人也开始起义了。在巴特拉斯的日耳马诺主教手执十字架,发出了第一声呐喊。马莱、莫尔达维和群岛都聚在独立大旗下。希腊人在海战中打了胜仗,占领了特里波利斯。土耳其人为了报复希腊人的初战胜利,就对君士坦丁堡的希腊居民大肆屠杀。

在1822年时,阿里·德·戴布朗在贾尼那城堡中被包围,最后在土耳其将军库尔希德提议的协商会议中被卑鄙地谋杀了。没过多久,莫洛戈尔达多和无数热爱希腊的人士在阿尔达一役中全军覆没了。不过他们起初在密索隆吉的第一围剿中战果辉煌,并迫使对方奥麦尔·弗里奥纳的军队损失惨重,不得不撤兵。

1823年的时候,各强国开始更有效地进行干涉了。他们向苏丹建议调停此事,苏丹不但拒绝了,而且为表示了其坚决的程度,苏丹竟然向埃维厄岛派出了10,000名亚洲士兵。之后,苏丹把全部土耳其军队交给了他的臣子、当时的埃及帕夏穆罕默德·阿里指挥。

在这一年的战斗中,马可·波查里斯阵亡。对于他的死,人们可以这样说:"生得像亚里斯迭德一样伟大,死得如莱奥尼达斯般光荣。"

1824年,正是希腊独立事业遭受极大挫折的时期。拜伦爵士于1月24日在梅索朗吉昂上岸,可是复活节那天,他在莱邦特城前死去，并没有能看到自己理想的实现。

易普沙里奥特人为土耳其人所屠杀，克里特岛上的冈底城向穆罕默德·阿里的军队投降了。只有从海上不断传来的捷报能稍稍安慰一下希腊人那痛苦的心。

1825年，穆罕默德·阿里的儿子——伊布拉欣帕夏带领11,000名士兵在默里亚半岛的默东登陆。随后他便占领了纳瓦兰岛，又在特里波利斯打败了戈洛高特隆尼。这时，希腊政府把它的正规军团交给了两个法国人统率，他们的名字是法布维埃和勒诺德圣·让当热利。

可是，在这两支主要抵抗力量尚未投入到战争中时，伊布拉欣帕夏已经洗劫了梅赛尼亚和玛涅，因为他急于第二次围攻梅索朗吉昂，才暂时停止了这血腥的勾当。虽然苏丹在交代任务时曾经对他讲过："拿不下梅索朗吉昂，你提头来见。"但该城还是没有拿下。

1826年1月5日，伊布拉欣帕夏烧毁了皮尔戈斯，并率军来到梅索朗吉昂。从25日至28日，共计3天，他向这个城市打了8,000发枪弹炮弹，还进行了三次进攻，但仍没能攻克，尽管跟它交战的只有2500名又疲惫又饥饿的战士。但是他最后还是成功了，这期间他还击退了带领骑兵前来解围的缪乌利斯。

在4月23日，梅索朗吉昂城在付出了1900名守城士兵的生命代价后，还是被伊布拉欣帕夏给降服了。紧接着，他的兵士对城内的男女老少大肆的屠杀，全城的9000人几乎全被杀光了。

同年，丘达奇率领的军队在侵犯了福基德和贝奥蒂之后，于7月10日进入阿蒂卡，并攻下了雅典。紧接着，他们又包围了只有1500名希腊守军的阿克罗波利斯。

为了增援这一号称希腊钥匙的城堡，希腊新政府派遣曾当过梅索朗吉昂守军的卡拉依斯卡利斯和法布维埃上校带领正规军团前往解围。结果他们却在查依达利战役中失利了，使得丘达奇继续围攻阿克罗波利斯。

就在这时，卡拉依斯卡利斯突然穿过巴纳斯隘口，于12月5日这一天，把在阿拉所洼的土耳其人打败了，并杀敌300多人。所以，希腊北部几乎全部获得了解放。

但不幸的是，当这场战争打得火热的时候，群岛却受到了海盗的袭击，他们蹂躏了这片海域。据说，他们中最凶狠残忍的是一个叫萨克拉迪夫的大盗。地中海东岸一带的商港们只要一听到这个名字，就会令他们情不自禁地毛骨悚然。

不过，就在这个故事开始前的7个月里，土耳其人已经只能龟缩在希腊北部的几个要塞里了。

1827年2月，希腊人已经从安伯拉基湾直到阿蒂卡的范围内获得了独立，而土耳其的旗帜只能在梅索朗吉昂、伏尼查和纳巴格特等地的上空飘扬了。

3月31日，在柯奇恩爵士的影响下，希腊北部和伯罗奔尼萨不再是内部钩心斗角了，他们在特莱采纳召开了统一的全民代表大会，决定把一切权力集中到一个人手中。这是一个外国人，一个生在希腊的俄国外交官,原籍科孚,名叫凯伯迪斯特里亚。

可此时的雅典却还在土耳其人手中。直到6月5日,土耳其人占领的城堡投降了,整个北部也被迫臣服。7月6日,法、英、俄、奥签署了一个协定,一方面承认奥斯曼政府的宗主权,另一方面承认有一个希腊国家的存在。此外,还有一项秘密条款,即如果苏丹拒绝接受这一和平安排,那么所有签字的各强国将保证联合予以制裁。

这就是那场血腥战争的一些史实,读者们应该牢记清楚,因为这和我们接下来要讲述的故事有着直接的关系。

现在就要谈到这些特殊的史实了。我们这个戏剧性故事中的著名人物和默默无闻的人物都和这些特殊史实有着直接的关联。

首先要提到的是安德罗妮可,也就是斯塔科的遗孀。

这场争取独立的伟大战争,不仅孕育了英雄的男子汉们,而且也涌现出不少巾帼英雄,她们的名字足以与这个时代一同永存世间,光耀史册。

我们可以看到,其中有一位巾帼英雄名叫波波里拉,她出生在纳夫普利翁湾入口处的一个小岛上。1812年她的丈夫被俘,之后给押解到君士坦丁堡关押,在苏丹的命令下被处以桩刑。于是,便引发了独立战争的第一声呐喊。

1821年,波波里拉自己出资武装了3艘船,像亨利·贝尔先生那样,在船上高悬一副写着"有我无敌,有敌无我"的大旗。

她的船出没于地中海小亚细亚沿岸，专门截获和焚烧土耳其人的船只。

后来，她慷慨地把她所有的船都交给了新政府，然后投身到包围特里波利斯的战争中，组织了纳夫普利翁湾周围的一次长达14个月之久的封锁，终于迫使这个城堡投降。这个妇女的一生简直是一部传奇，可惜她最后竟因为一些家庭琐事，死在她了自己兄弟的匕首下。

另一张不能忘记的脸庞是默黛娜·玛芙洛妮丝，同样的事情常常会引出同样的结果。苏丹一道命令在君士坦丁堡绞死了她的父亲。随后默黛娜立即投身到了起义中，她号召米戈纳的居民起义，武装自己的船，组织游击队，由她来统率。她把舍阑帕夏的军队阻截在佩利翁山隘里面，在弗蒂奥迭德山地峡一带不断骚扰土耳其人，一直坚持到战争结束。她的表现非常地英勇。

还要提到嘉依朵丝，她用炸药炸毁了维里亚的城墙，在圣·维纳昂德修道院以不懈的勇气战斗。她的母亲默斯考斯也跟她的丈夫一同并肩战斗，把土耳其侵略者消灭在了山岩地区。

还有一位叫戴斯波，为了不落入伊斯兰教徒的手中受辱，竟然点燃炸药同女儿、媳妇和孙子们同归于尽了。

苏里奥特地区的妇女们和支持新政府的妇女们，都从驻扎在萨拉米的新政府那里得到船只，自己指挥。贡斯当斯·扎莎丽亚在拉科尼亚平原揭竿而起后，就率领500农民向莱奥达里直扑而去。

还有其他的妇女,她们在战争中不惜流血牺牲。在这场战争中,我们可以看到希腊妇女在战争中所立下的赫赫战功!

老斯塔科的遗孀也不例外。她那时用的是安德罗妮可这个名字,因为她不愿在自己的名字上面加上被她儿子玷污了的姓氏,她怀着一种不可抗拒的本能和对独立的热爱而投身到了战争中。

她跟波波里拉一样,丈夫也是为了拯救祖国而被处死的;她也像默黛娜和扎莎丽亚一样,她没有财力去武装一艘船或组织一支队伍,但是,她把自己整个人交给了这场惨烈的伟大事业。

从1821年起,安德罗妮可参加了玛涅人的起义,这是由被判了死刑避难在伊奥尼亚诸岛间的戈罗高托尼所领导的。这一年的1月18日,她在斯卡达慕拉登陆。

她曾经历过在塞萨利进行的第一次阵地战。当时的戈罗高托尼对聚居在鲁菲亚沿岸的福纳里和卡利代纳依附土耳其人的居民进行了攻击。

她还参加过5月17日瓦尔特丘的战役,使慕士塔法·拜全军败绩。尤其了不起的是,她在特里波利斯之围一役中战功卓著。围城双方交战时,斯巴达人把土耳其人称作"波斯的胆小鬼",土耳其人则把希腊人称作"拉贡尼的兔崽子",不过这一回"兔崽子"可占了上风。由于土耳其船队无法帮其解围,10月5日,伯罗奔尼萨的首府只好宣布投降。尽管之前签有协议,但还是无法阻止血与火。3天的时间里，奥斯曼人不论男女老少们都付出了自己的生命。

在第二年的3月4日，安德罗妮可参加了缪乌利斯海军上将统率下进行的一场海战。经过5小时激战，土耳其船只逃之夭夭，跑到赞特港躲藏起来。而她却在一艘船上看到了自己的儿子。当时的斯塔科正驾船帮着奥斯曼帝国的船只穿越在帕特雷湾！

这一天，安德罗妮可的心里感受到了奇耻大辱。于是，她便向炮火最猛烈的地方猛冲过去，想一死了之，但死神却不肯收留她。

可以肯定，斯塔科在罪恶的路上已经越走越远了。几个星期以后，同那个向西奥岛和西奥城开炮的卡里·阿里纠结在一起的不就是他吗？

就是因为斯塔科参加了那次可怕的大屠杀，造成有23,000名基督徒死亡，47,000人在斯米尔纳市场上被卖做奴隶。那正是由斯塔科的船把这些不幸的人们运到了北非沿岸，斯塔科是一个卖掉自己兄弟的希腊人！

在以后的日子里，希腊人继续与土耳其和埃及联军对抗，而安德罗妮可这时仍然继续效法前面谈到的那些女英雄，打击侵略者。

可悲的时代啊，对于默里亚来说更是如此！伊布拉欣帕夏刚刚派出了他那彪悍的阿拉伯兵，他们比奥斯曼人更凶狠。希腊方面，安德罗妮可一直跟随戈罗高托尼率领的部队。戈罗高托尼已被任命为伯罗奔尼萨部队的主帅，身边有4,000名战士。

但当伊布拉欣帕夏率领他的11,000人在梅赛尼亚湾登陆后，首先就致力于解除科隆和帕特雷的封锁，然后就攻占了纳瓦里诺。使这里的城堡成了他的根据地，港口成了他舰队的避风港。

紧接着，他又放火烧了阿戈斯，占领了特里波利斯。直到冬天，他都不停地侵蚀着周围的地区。尤其是梅赛尼亚湾遭受到的伤害更大些。安德罗妮可为了不落入阿拉伯人手中，不得不时常逃到玛涅内地躲藏起来。

即便是这样，她也从未想过要休息，在这块被压迫的土地上她怎么能安心休息呢？人们在1825年和1826年的几次大战中都看到过她。经过此战之后，伊布拉欣帕夏退到了波利雅拉服斯，而在那儿，北方玛涅人又将他给击退了。

在1826年7月舍达里战役中，她隶属于法布维埃上校的正规军。她在战斗中负了重伤，亏了援希志愿军中的一位法国青年的英勇，才使她从丘达奇残酷的士兵魔掌中脱险。

有好几个月的时间，安德罗妮可一直处于垂死的边缘，她原先健壮的体质救了她。但直至1826年底，她的体力也还没有恢复好，所以也无法参加战斗。

就是在这种情形下，1827年8月她又回到了玛涅，想回去看看维铁洛的老家。一个机缘巧合使她与儿子在同一天来到了这里。

我们已经知道了他们见面的情形和结果了，也知道她用怎么样严厉的诅咒把她的儿子从家门口赶走的。现在，既然故土上令她留恋的东西已经荡然无存了，只要希腊还没有得到独立，安德罗妮可就仍然要继续战斗下去。

至此，1827年3月10日，当安德罗妮可去玛涅与伯罗奔尼萨的希腊人会合时，这些希腊人正步步为营的与伊布拉欣帕夏的阿拉伯兵争夺着他们自己的土地。

富裕之家

当"卡里斯塔号"向着北方的一个只有它的船长才知道的地方驶去时,在科孚却发生了一件事。虽说这件事属于私生活的范围,但仍然能引起读者对故事主角的注意。

大家都知道,1814年前的伊奥尼亚诸岛是受法国保护的,但到了1815年,由于签订了某些条约,致使伊奥尼亚诸岛开始受英国的庇护。

这些岛屿包括塞利哥、赞特、伊塔克、克法利尼亚、莱卡德、帕克寿和科孚。科孚岛是位于最北部的一个岛,也是最重要的一个。它在古时候被叫做科西尔,以阿尔西奴为国王,此人拥有加松和梅德。特洛亚战争后,拥立智慧的俄迪修斯为国王,从此它在古代史上占有相当重要的地位。相继与法兰克人、保加利亚人、萨拉辛人和那不勒斯人发生过战争,到了16世纪则为巴巴鲁斯海盗所不断侵掠。等到了18世纪又归休仑堡伯爵保护,第一帝国末期,由东泽罗将军镇守,这里成了英国高级专员的官邸。

当时的高级专员伊奥尼亚的总督是由弗雷德里克·亚当爵士

担任的。为了应付希腊人在反抗土耳其的战争中可能出现的意外,他手里拥有不少战船担任海上警戒任务,而且需要的是高帮战船。而这些岛屿时而被希腊人所有,时而被土耳其人所有,只要手持一纸文书,随便什么人都可以占有此地,更不用说那些海盗了。他们就盘算着怎么样方便地抢夺来往船只呢!

那时在科孚可以碰到很多的外国人,尤其是近三四年以来,许多人从各个方面被这场独立战争吸引了过来。很多人就是从科孚登陆前去参战的,有些人却是到此暂住,因为在战争中过度疲劳,非得休息一下不可。

在后一种人里有一位年轻的法国人,他醉心于这个崇高的事业。五年来,他积极而自豪地参加了希腊半岛上发生的种种大事。他的名字叫亨利·达巴莱,皇家海军上尉,是他们这一级军官中最年轻的一个,现在正无限期休假。从战争一爆发,他就加入了法国援助希腊的志愿军了。

此时的他才29岁,中等身材,体态魁梧,这使得他足以经受这种海军职业的疲劳。这个青年军官目光诚恳,相貌堂堂,风度翩翩,人品出众,与人交往忠实可靠,使人一开始接触他就对他产生好感。但通常情况下,这种好感都是在长期相处中逐渐产生的。

亨利·达巴莱出身富家,世居巴黎。他几乎不曾看到过自己的母亲。就在他差不多长大成人的时候,他的父亲就死了。

他继承了一笔丰厚的财产,但这并未令他放弃海军的职业。相反，他要继续自己的海军生涯——他认为最美好的职业之一。

当希腊军旗迎着土耳其新月旗在希腊北部和伯罗奔尼萨树起的时候，他已经担任了海军上尉。和许多勇敢的年轻人一样，亨利·达巴莱毫不犹豫地投身到了这场运动当中，由一些法国军官率领着，一直开到欧洲东部边界。他是为希腊独立事业而流血的第一批援希志士。

从1822年起，在著名的阿尔塔战役中，光荣的摩洛哥达托战败者名单中有他的名字，而在梅索朗吉昂围剿战中也当过胜利者。第二年，令马可·波查里丧命的那场战役，他当时就在那儿。

1824年，他参加了海战，并狠狠地报复了曾在海上打败过希腊的穆罕默德·阿里。1825年，特里波利斯战役失败后，他在法布维埃上校手下指挥一部分正规军。1826年7月，在舍达里战役中，他从丘达奇士兵的马蹄下救出了安德罗妮可。这一场恶战使援希志愿军受到了不可弥补的损失，但是亨利·达巴莱仍然愿意追随他的上司，而且不久就在梅德和他重新会合。

此时，雅典的阿克罗波利斯由古拉斯少校率领1500人负责防守。有500名妇孺在这个城堡里避难，他们是在土耳其人占领该城时没有来得及逃跑的。古拉斯军中的食物够吃一年，装备有14门大炮和3门榴弹炮，唯独缺乏弹药。

法布维埃决心为阿克罗波利斯取得补给，他征求志愿者来完成这一大胆的计划。响应他号召的自愿者有530人，其中有40个是援希志愿兵，为首的就是亨利·达巴莱。他们每个勇士都装备了一个炸药包。法布维埃一声令下，他们就在梅德上了船。

12月13日，这一小队人几乎在阿克罗波利斯山脚下登陆。明亮的月光照着他们，土耳其人却用枪弹迎接着他们。

法布维埃大喝一声："前进！"

每个人都背着随时可以把人炸上天的炸药包，穿越护城河，冲过壕堑，攻入城门洞开的堡寨，被围者胜利地击退了土耳其人。只是法布维埃受了伤，副官被杀，亨利·达巴莱中弹倒下。正规军和指挥官们现在都被关在城堡里，和他们冒险前来救助的人待在一起，大家再也不肯放他们出去了。

年轻军官虽然负了伤，但幸运的是没有丢了性命，所以还是能和大家同甘共苦。6个月之后，阿克罗波利斯投降，获得了丘达奇同意后，他这才获得了自由。

直至1827年6月5日的这一天，法布维埃率领的志愿兵和围城中的人才得以离开雅典堡寨，乘船前往萨拉米。这时的亨利·达巴莱身体还很虚弱，他不愿意留在雅典，于是就来到了科孚。打算在这儿待两个月，调整身体，等待着重返战斗岗位。在此之前，他一直过着士兵的生活，这样的一个偶然的机会却给他的生活注入了一个新的动力。

在科孚的斯特拉达·瑞勒的尽头，有一幢老房子，外表看起来很不起眼，是幢半希腊风格半意大利风格的老房子。这幢房子的主人是一个不大露面的人，不过人们却经常谈起他。

老人名叫艾利真多，是位银行家，人们无法确定他到底有60多岁还是70岁。这20多年来，他就住在这座阴暗的房子里，平时根本不出门。但还是会有各个国家、各个阶层的人士前来拜访他。

毫无疑问，他的这家银行生意做得很大，信誉卓著。在大家眼里他是个大富翁。在伊奥尼亚诸岛，甚至他那几个在达尔马提亚的同行查拉或拉古斯的信贷都不能与他匹敌。

他要是接下一笔生意，那就准得赚钱。当然，他是非常谨慎的，手也很紧。他要的货样必须是上等的，并且要具有完备的保证，而现金对于他来说，好像是取之不尽似的。

值得一提的是，几乎所有的工作都是他亲自去做，他只雇了一个职员负责一些无关紧要的抄写。他自己既是出纳，又要管账，没有一张汇票不是他起草的，也没有一封信不是他亲手写的。与此同时，从来没有任何外人到他的账房里坐过。当然，这对老艾利真多的商业机密是很有必要的。

这个银行家究竟是哪里人呢？有人说他是依利里亚或者达尔马提亚人，但是，就这一点，也没人能拿得准。他从不提自己的过去和现在，也从不和科孚的社会打交道。

当这一部分土地还处于法国保护的范围内时，银行老板的情况就已经这样了。自从英国总督在伊奥尼亚诸岛发号施令以来都一直如此。对于外界传言说他有几亿的财产也不可全信，但他肯定是个富有的人，尽管他的生活并不奢华，一直过着简朴人的生活。

艾利真多是个鳏夫，从他带着小女儿到科孚来定居时就是这样了，那时候他的女儿才2岁。如今，这个叫哈琼娜的小姑娘已经22岁了，他们依旧住在这幢老房子里，而且负责管理家务。

不论在地方，甚至在那些东方国家里，妇女的美貌都是不容置疑的。哈琼娜就是个被公认的美人，尽管她姣好的面容总带着淡淡的忧愁。一个女孩儿家生活在这样一个环境里，既没有母亲指点，又缺乏女伴跟她互相倾诉少女的心思，怎么可能会快乐呢？

哈琼娜的个子适中，但身形优美。因为她从母亲身上继承了希腊妇女的形象。

她和父亲之间没有过深层交流。银行老板总是独自生活，不多说话，内向保守……他就是这种人，总是把目光移开，把头掉开，好像阳光会刺痛他的双眼。不管是在私人生活还是在公众生活中，老银行家都很少与人交际。同时，他也从不相信别人，就连跟他在生意上有往来的主顾也是如此。

在这样的生活环境下，哈琼娜怎么会了解到父亲的心呢？

但幸运的是，在她身边有一个善良、忠诚、热爱她的人。这个人简直就是为他年轻的女主人而生的。每当他看到哈琼娜愁眉苦脸时，他也会跟着她的忧愁而伤心；看到她高兴时，他也会为她的笑容而感到高兴。他的整个生命都跟哈琼娜息息相关。

他简直就像一只勇敢而忠实的狗，正如米希莱所谈的一个"人类的随从"，或者像拉马丁所说的"一个卑微的朋友"。不！他是一个人，只是他被人轻蔑地看成了狗。

从哈琼娜刚生下来起，他就没有离开过她。哈琼娜小的时候，他总是抱过她，现在哈琼娜长大了，他又像个使女一样服侍着她。

他是个希腊人，名叫埃克查理斯，他是哈琼娜母亲的奶妈的儿子，在哈琼娜的母亲和科孚的银行老板结婚之后就一直跟着她。他在这个家里已有20多年了，他的身份高于一般仆人，时常帮着艾利真多做些简单的抄写工作。

埃克查理斯也像某些拉科尼亚人那样，高个儿，宽肩膀，肌肉结实发达，面貌俊朗，目光直率好看，挺直的鼻子下留一撮漂亮的黑胡子。他头上戴着一顶暗色的羊毛无边圆帽，腰里系着一条漂亮的本地式样的折叠短裙。

每当哈琼娜出门，或为了家务，或是为了到圣·斯比里蒂翁教堂去，或是去呼吸一下大海的气息，总是由埃克查理斯陪着她。这样一来，科孚的年轻人就能在爱斯普拉纳德，或是在郊区街道上看到过他们。不止一个人试着去接近她的父亲，他们不仅被她的美貌所吸引，或许也被艾利真多家的亿万财产所吸引，所以求婚者总是络绎不绝的出现。但哈琼娜却对所有的求婚者一一拒绝了，做父亲的也从不勉强她。只有忠诚的埃克查理斯，为了让女主人能在这个世界上感到幸福而不懈地努力着。

这个严谨而阴郁的家庭就这样孤零零地待在这古代科西尔首都的一个角落里。但是生活中的一个偶然的机会却把亨利·达巴莱带到了这个环境之中。

开始是业务关系把银行老板和法国军官拉到一起。离开巴黎时，年轻军官带了一些艾利真多银行的大额汇票，他到科孚来兑现汇票。后来他又来科孚提取援希战争中所需的款项，所以他到岛上来过几次，于是也就认识了哈琼娜。姑娘的美丽深深地打动了他，甚至在默里亚和阿蒂卡打仗的时候，他仍然想念着她。

在阿克罗波利斯投降之后，亨利·达巴莱无事可做，最后只好又回到了科孚。再加上身体还没有复原，宋城时他耗尽了体能，损坏了身体。

到了科孚后，虽然住在外面，可是他每天都会花几个小时来老艾利真多家里度过。他总是会受到极其友善的款待，这还不曾有外乡人受到过这样的接待呢！

大约有3个月的时光就是这样过去的，他去艾利真多家拜访时已不像开始时那样只是商务来往了，这种拜访渐渐密切起来，逐渐变成了每天都来。

就这样，年轻军官喜欢上了哈琼娜，而她又怎么会体察不到呢？他在她身边时总是那样殷勤，倾听她的谈话，凝视着她的眼睛。而对于他那受到损伤的身体来说，哈琼娜也是照顾得体贴入微。亨利·达巴莱在这里生活得很愉快。而且，埃克查理斯对于亨利·达巴莱这样诚实的性格也很有好感，也开始越来越喜欢他了。

"你做得对，哈琼娜！"埃克查理斯常对少女说。

"希腊是你的祖国，正如它是我的祖国一样！可别忘了这位年轻人曾为了我们的祖国而奋战抗争。吃尽了苦头啊！"

有一天,哈琼娜对埃克查理斯说:"他爱我!"

这句话,少女是用她平常对待一切事物的纯朴态度说的。

"那么,你应该接受他的爱呀!"埃克查理斯回答说,"你父亲年纪大了,哈琼娜!而我呢,我也不会永远待在这儿的!在生活中,能到哪儿去找到像亨利·达巴莱这样更可靠的保护者呢?"

哈琼娜没有回答,她在心里似乎说,如果她被爱了,她也会去爱的。可天生的谨慎的性格使她没有说出这句话,她还没有肯定自己的感情,就连对埃克查理斯也是这样。

然而,哈琼娜与亨利·达巴莱的关系对科孚社会上的任何人都不是秘密了。当事人还没有正式谈到这事呢,旁人就已经在议论他们的婚事了,像是早就定了似的!

值得指出的是,银行老板对年轻军官接近女儿并没有表现出不愿意的情绪。正如埃克查理斯所说的那样,他感到自己在很快地衰老。不管他的心多么冷漠无情,但一想到哈琼娜将来要一个人生活时该怎么办,不禁让他有些害怕。当然,她会继承老银行家的所有财产。

对于钱的问题,亨利·达巴莱倒是从没操过心。银行老板的女儿有钱没钱根本用不着去想,甚至一小会儿都不必。他对这个姑娘的爱源于另一种高尚的情感,绝不是为了肮脏的利益。

他爱她的美丽和善良,正是因为哈琼娜生活在这种凄凉的环境里,所以才引起他深切的同情。也正是因为他感觉到了她情操的高尚、见解的伟大、心灵的坚毅,虽然她没有流露出来,但他却感觉到了。所以，每当他们在一起时，哈琼娜都讲述被压迫的希腊和它的儿女们为它的自由所做的艰苦卓绝的一切。在这个问题上，两个年轻人的意见是完全一致的。

现在，亨利·达巴莱的希腊语已讲得很好，他们谈到这些会非常激动。当谈到一次海战的胜利足以补偿默里亚或阿蒂卡的失败时，他们感到的是何等的快乐啊！

于是，这就需要亨利·达巴莱来详细讲述他参加过的所有战役，要他重复说起参加这些浴血战斗的本国人和外国人的光辉名字。

当然还有那些女英雄们，像前面提到过的波波里拉等，她们是哈琼娜一心效仿的榜样。当然还有亨利·达巴莱救出来的安德罗妮可。

有一天，亨利·达巴莱正讲到这个妇女的名字，老艾利真多当时也在场听他们的谈话，可一个无意的动作引起了他女儿的注意。

"爸爸，你怎么啦？"她问。

"没有什么。"银行老板回答。

然后，他用一种随意的口气向这位年轻的军官问道："你以前认识这个安德罗妮可吗？"

"认识，艾利真多先生。"

"你知道她现在怎么样了吗？"

"不知道。"亨利·达巴莱说，"舍达里战役后，我想她应该回到玛涅去了，那是她的老家。可说不定哪天她又会出现在希腊的某个战场上呢！"

"对啊！"哈琼娜补上一句，"这才是应当去的地方！"

为什么艾利真多一听到安德罗妮可便会提出这个问题呢？谁也没有问他，要是有人问的话，他准是支吾其词地答复你。

可他女儿对他的事情却知之甚少，所以也不会放在心上。她爸爸和她崇拜的安德罗妮可之间能有什么关系呢？再说，关于希腊独立战争，银行老板从没表明过自己的立场，他究竟站在哪一边，压迫者还是被压迫者一边？很难说。但是有一点是肯定的，就是邮车带给他的信件从土耳其寄来的至少可以说跟从希腊寄来的一样多。

不过有必要重复的是，虽然年轻军官献身独立事业，但老艾利真多对此倒从没有过微词。只是，亨利·达巴莱已经不能再住下去了，他的身体已经康复了，他决定把他认为是自己天职的事业进行到底。他常和姑娘谈到这个问题。

"当然，这是你的天职！"哈琼娜回答他，"不管跟你分开会使我多么痛苦，亨利·达巴莱，我了解你应当跟你的战友们会师！是的，只要希腊还没有获得独立，你就应该去为它战斗！"

"哈琼娜，我就要走了！"有一天，亨利·达巴莱对哈琼娜说："但我希望能确定你爱我就像我爱你一样！"

"亨利·达巴莱，我不隐藏你在我心中引起的感情，"姑娘说："我已经不是一个小孩子了，所以我得认真对待你的前途，我相信你。"

她说着便把手伸给他:"请相信我!你离开我的时候我是什么样子,你以后回来的时候我还是这个样子!"

亨利·达巴莱握住哈琼娜的手,表达了自己的爱和深情。

"我衷心地谢谢你!"他说,"我们要永远相爱!如果我们因分别而感到痛苦的话,至少我已得到了你的保证:你是我的爱人!在我动身之前,我想跟你父亲谈一谈!……我想确切知道他同意我们相爱,他不会阻挠我们……"

"你去吧,亨利·达巴莱!"姑娘回答,"去得到他的承诺,就像得到我的一样吧!"

于是,亨利·达巴莱毫不迟疑地去做了,因为他已经决定到法布维埃上校麾下去作战了。

事实上,当时希腊独立事业从各方面来说正处于每况愈下的情况。伦敦公约没有产生任何良好的效果。也许人们不禁要问,列强们面对苏丹,除了空想,竟拿不出任何有效的办法吗?

这时,土耳其人因为胜利而得意忘形,野心更加膨胀。两支舰队开进了爱琴海:一支是由英国的柯德灵顿海军上将指挥的舰队,另一支由法国黎尼海军上将统领的。尽管希腊政府已迁移到更为安全的爱琴岛了,以保证和谈的进行,可是土耳其人表现出来的顽固却令人惊骇。

当你看到由92艘战船组成的奥斯曼、埃及和突尼斯舰队,在9月7日这一天在广阔的纳瓦里诺海面上停泊后,形势就更清楚了。这个舰队带着充足的给养,以供伊布拉欣帕夏补充军需,准备攻打希德拉人。

当年亨利·达巴莱就是在希德拉决心参加志愿军的。该岛坐落在阿戈利斯湾的尽头,是群岛中最富裕的一个。岛上那些英勇的海员,如东巴齐斯、查马多斯等,都曾经捍卫过它,使土耳其人闻风丧胆。但就在他们为希腊的独立事业浴血奋战之后,现在就要面临最可怕的报复了。

亨利·达巴莱必须立刻动身,赶在伊布拉欣帕夏的队伍之前到达希德拉。所以最后的出发日期定在了10月21日这一天。

临行前几天,按照约定,青年军官来找老艾利真多,向他的女儿求婚了。他没有对老艾利真多隐瞒,如果做父亲的同意这桩婚事,哈琼娜会感到很高兴的,现在就只差他的准许了。等亨利·达巴莱回来就可以举行婚礼,但愿他离开的日子不会太久。

银行老板对于青年军官的社会地位、经济情况和他这个家族在法国的巨大声誉是了解的。在这方面他不需要什么说明什么,他本人和银行都信用良好,从未有过不好的传言影响他的生意。

老艾利真多的财产因为亨利·达巴莱没有问起,所以他也就保持缄默了。至于说这个婚姻本身,老艾利真多还是表示同意的,既然这桩婚事能使他女儿幸福,那当然也会使他感到快慰。

虽然谈论这些时老艾利真多表现得非常冷漠,但主要的条件都谈妥了。亨利·达巴莱现在获得了老艾利真多允婚的话,而银行家也得到了他女儿的一声谢谢。

事情的进展令两个年轻人感到满意极了,应该说最高兴的要算埃克查理斯了，这个善良的人像孩子似的哭了，他多想紧紧地拥抱这位青年军官啊！

亨利·达巴莱留在哈琼娜身边的时间很少了，他已经决定搭乘一条东海岸的双桅船，起航时间定在本月21日，从科孚驶往希德拉。

在老房子里度过最后几天的情形就不必细述了。亨利·达巴莱和哈琼娜片刻也不想分离，他们俩在平房大厅里谈了很久。他俩的高贵气质使这些谈话充满了打动人心的温情，缓和了严肃的话题。他们俩都谈到了未来，那一定会属于他们的，而要将他们分开的是现在，因此要冷静地面对现在。

他们计算着好运和厄运，但并没有不泄气，也不打算低头。当他们这样倾谈时，他们不断为独立事业而感到激动，这是亨利·达巴莱就要去为之奋斗的事业啊！

在10月20日的这天晚上，就是出发的前夜，他们在一起谈天，都很激动，因为第二天，青年军官就要出发了。忽然，埃克查理斯闯进大厅。他气喘吁吁地说不出话来，这是因为他刚才奔跑得太厉害了！他凭着他那双粗壮的大腿，只几分钟就穿过了全城，从堡寨一直奔到斯特拉达·瑞勒顶头。

"你怎么了？出了什么事，埃克查理斯？你干吗这么激动呢？"哈琼娜问。

"我得到……得到一个消息……一个重要的……一个重要的消息！"

"快说！快说！埃克查理斯！"轮到亨利·达巴莱焦急了，因为他不知道是好消息还是坏消息。

"我还说不出……我还说不出！"埃克查理斯回答，他急得把话都堵在喉咙了。

"是关于战争消息吗？"姑娘边问，边拉住他的手。

"对……对！"

"那快讲呀！"她又说，"讲吧，我的好埃克查理斯……到底是怎么回事？"

"土耳其人……今天……败了……在纳瓦里诺！"

就这样，亨利·达巴莱和哈琼娜得到了关于10月20日海战的消息。

这时，老艾利真多在埃克查理斯的吵闹声中走进了客厅。当他听说了事情的原委后，不由地抿紧嘴唇，头皮发胀，并没有表现出任何的情绪，而两位年轻人却抑制不住内心的喜悦。

纳瓦里诺的消息很快就传遍了科孚，通过阿尔巴尼亚沿岸发射到空中的电报，人们很快就知道了详细的战况。

英法舰队，再加上俄国舰队，一共有27艘船，1276门大炮，一齐进逼纳瓦里诺锚泊地航道，猛攻奥斯曼海军舰队。虽然土耳其人在数量上占优势，他们拥有60条巨型战船，装备着1994门大炮，可是他们还是被打得一败涂地。土耳其人的许多船只连同无数的军官、水兵都一齐沉没或是被炸毁了。看来，伊布拉欣帕夏指望海军帮助他攻打希德拉的如意算盘是彻底落空了。

这对希腊人来说真是一件重大事件，对于希腊的独立来说，这大概是一个新阶段的起点。虽然列强并不打算就此彻底毁灭苏丹王朝，但可以肯定的是他们的协议终将使希腊从奥斯曼帝国的统治下解放出来。还有一点可以肯定的是，在不长的时间里，新王国即将实行自治。

在银行家的老房子里，哈琼娜、亨利·达巴莱和埃克查理斯拍手庆贺，憧憬着未来。他们和全城的人一样高兴。纳瓦里诺的大炮为希腊的孩子们保证了独立。

列强同盟的这一胜利，或者换个说法是土耳其海军的惨败，改变了青年军官的计划。伊布拉欣帕夏大概也放弃了原来设想的攻打希德拉的企图，因此这不再成什么问题了。

由此看来，亨利·达巴莱得改变原来的计划了，他已不需要到希德拉去和法布维埃会合。所以他决定就在科孚等待纳瓦里诺战役后局势的自然演变。

不管怎么说，希腊的命运已不容置疑，欧洲不会让它毁灭的。不久之后，在整个希腊半岛上，新月旗就要让位给独立的旗帜了。伊布拉欣帕夏已经龟缩到伯罗奔尼萨中心和沿海的几个城市里，彻底被赶出去的时刻指日可待了。

在这种情况下，亨利·达巴莱往半岛的哪里去呢？大概法布维埃上校已经准备离开米蒂利尼，去往奥斯岛跟土耳其人继续打仗。但是上校的准备工作还没有做好，而在最近一段时间里也完成不了，马上出发的事便不必想了。

青年军官对形势的分析大致如此，哈琼娜和他的看法相同，那么就没有理由继续拖延婚期了，艾利真多对此并不反对。于是，婚期就订在10月底，离现在还有10天。

随着结婚日子的临近，这对未婚夫妻的情感也越来越炽烈了。亨利·达巴莱再也不需要出发打仗了。哈琼娜本来要掐着指头计算时间，度日如年地、痛苦地等待着，现在也不用了！

不过全家最快活的就数埃克查理斯了。可能他自己结婚也不会如此高兴，就连从不表露感情，一贯冷漠无情的银行家也可以看得出他的心满意足。这样，他的女儿就终身有靠了。

大家一致认为婚事不妨简单些，也没有必要邀请全城的人都来参加。不管是哈琼娜，还是亨利·达巴莱都不愿邀请太多的客人来做他俩幸福的见证。但总还是需要做些准备的，于是他们便毫不张扬地准备起来了。

此时已是10月23日了，离婚礼还有7天。看来似乎没有什么可怕的障碍，也不会延迟了。然而，有一件事要是他们早已知道的话，哈琼娜和亨利·达巴莱肯定会十分焦虑不安的。

这一天，艾利真多在早晨的邮件中发现了一封信，这封信显然给了他意想不到的打击，随后他便把信撕碎烧掉了。这一切说明像银行老板这样一个镇定如山的人，也会产生深沉的不安。

他好像自言自语地说道："这信怎么不在8天后寄来呢？写这封信的人真该死！"

梅赛尼亚海岸

从维铁洛港出来后,"卡里斯塔号"帆船一直朝西北方向航行了一整夜。此时的斯塔科已下到自己的船舱里,大概天亮前他是不会再露面了。

这时正值夏末和春初接近二至点时,整个海面都吹着清凉的东南风,船在顺风而行……地中海的水蒸气都化成了雨水!

早晨的时候,船已经穿越了梅赛尼亚尽头的加洛海岬。泰甲特最高峰那突兀的侧影,逐渐被太阳升起时蒸腾的雾霭所遮掩。

等船穿越了海岬后,斯塔科又出现在了甲板上。他把第一眼目光投向了东方,马涅早就看不见了,现在出现的是迪米特里奥斯山脉的分支。

没一会儿,船长又向马涅方向伸出了一支手臂。这是表示威胁呢?还是在向故土诀别呢?这谁能说清呀?然而从他此刻的眼睛里,人们无法读到善意。现在快船扬起方帆和三角帆,开始向西北方面溯流而上。由于风来自陆地,用什么方法都可以快速前进。

"卡里斯塔号"把左边的厄奴斯、卡布莱拉、沙比昂查、维内迭戈等岛屿都抛在了后面,径直向默东方向驶去。

船的前方是蜿蜒的梅赛尼亚海岸和它美丽的、带有明显火山痕迹的山峦。这个地区在后来的希腊王国中,成为组成现代希腊的13个省份之一。但在当时,这里只是凶残的战场之一。

此刻的尼古拉·斯塔科一言不发,校正了罗盘的方向后,便来到了甲板上坐下。"卡里斯塔号"的老水手和前一晚刚从维铁洛上船的新水手们正在谈话,现在船上已经有二十几个水手。他们谈的是此次航行的目的地,还有沿希腊海岸逆水行船的问题。

"斯塔科船长很少说话呀!"

"他是很少说话,但只要他说了,你就一定要做到,到时候你就等着服从命令吧!"

"'卡里斯塔号'往哪儿开啊?"

"从来没有人会事先知道它往哪儿开。"

"真见鬼,我们可是诚心加入的,可没人相信啊!"

"对!应该相信船长,他带咱们去的地方,就是咱们该去的地方!"

"可并不是靠'卡里斯塔号'上这两根短炮,就能去抢群岛间的商船呀?"

"这条船并不是用来抢劫的!斯塔科船长还有别的船,那些装备精良的船才是专门干那个的。'卡里斯塔号'不过是他消遣的游艇罢了!瞧它这小得可怜的样子,随便什么法国、英国、希腊或是土耳其的船都能追上它!"

"如果抢到了东西,怎么分配呢?"

"只要参加了的人都有份,少不了你的。好好干,有危险才能赚大钱呢!"

"那就是说,现在在希腊和这些小岛之间没什么可干的?"

"是……,到亚德里亚海无事可做。所以没有新命令,我们就是些正直的水手,坐在一条正直的船上,老老实实地在梅赛尼亚海里飘荡!但不会一直都是这样的!"

"但愿如此!"

看得出,这群新入伙的水手们和"卡里斯塔号"上的老水手们一样,不管干什么样的活,都毫不手软。在他们的身上看不到半点的犹豫和反悔,所以他们倒是和领导他们的斯塔科很相配,斯塔科也知道他们值得信赖。

这时,一个新来的水手说道:"怎么不见大副?"

"他根本就不在船上。"老水手长说。

"那总也见不着他吗?"

"能见到。"

"什么时候呢?"

"该见的时候!"

"那他在哪儿呢?"

"在他该在的地方!"

这时,水手长打声口哨,让大家上来收紧帆索,这段谈话也就到此为止了。

中午时分,"卡里斯塔号"接近默东了,但这并不是它的目的地。

这时,船舷上发出了信号。桅杆上升起了一面有红色新月的黑色小旗,见陆地上没有任何反应后,船继续向北航行。

傍晚时,"卡里斯塔号"已抵达纳瓦里诺海湾的入口处了。海湾像一个大湖,周围山峦叠嶂。过了一会儿,便露出了隐藏在城堡后面的城市。

落日的余晖照在了东边高耸的山峰上。现在水手们已经可以肯定船就要在纳瓦里诺停泊了。岛上立着两块墓碑,墓中躺的是在战争中牺牲的两个著名人物:法国少校马莱,卒于1825年;另一位是援助希腊的意大利人,桑塔·罗萨伯爵,他曾当过比艾蒙的大臣。

等船行到距离城市越来越近的时候,它却突然横摆了过来,于是船便向斯吉亚航道驶去。

这条航道位于岛的北面,有200米宽,处于岛的北端和克里法琼海岬中间。只有对航道情况熟悉的老手才敢冒险航行,因为这里的水很浅,船只几乎无法通过。但斯塔科是最好的领航员,船擦着险峻的石壁行驶,沉着地越过了克里法琼海岬。

天亮后,"卡里斯塔号"沿海岸线进入了平静的阿卡迪亚湾。大约10点钟的时候,水手长走到船尾,恭候在船长的身后等待命令。

此时离阿卡迪亚湾越来越近了。古时候它被称为西帕利西亚,它在爱帕米农达时期是梅赛尼亚的主要港口,十字军东征后,是弗朗赛维尔·哈杜安的世袭领地。而现在,它却是一副凋零破败的模样,这令任何一个崇古、尊古的人都会痛心不已。

两年前,伊布拉欣帕夏摧毁了这座城市,还大肆屠杀了城中的妇孺老弱。曾经被穆斯林教徒糟蹋过的圣·乔治教堂也变成了废墟,房屋和一些建筑物也都成了瓦砾。

"一看就知道我们的埃及朋友曾来过!"斯塔科嘟囔了一句。

"现在,土耳其人是这儿的主人了!"水手长答道。

"是呀,……但愿长点,……甚至,希望是永远的!"船长补了一句。

"那'卡里斯塔号'是靠岸呢,还是继续航行呢?"

斯塔科仔细地观察了一下港口。此时的船离港口只有几百米远了。他把目光投向建在山坡上的城市,他似乎有些犹豫,还拿不定主意靠港还是离开。

水手长等待着他的指示。

"发信号!"斯塔科终于发布命令了。

红色的新月旗在桅杆上升起,迎风展开。

几分钟后,一面同样的旗帜在港口防波堤的旗杆上升了起来。

"靠岸!"船长命令。

当入口处完全打开时，船就毫无阻挡地驶进了航道。降下前桅帆，然后是主帆，现在"卡里斯塔号"仅靠绞盘和三角帆控制，水手们忙着在甲板上收拾帆具。几乎同时，船上放下小艇，船长坐上小艇，四条桨立刻划起来。

小艇靠在码头的台阶边。只见有一个人迎了过来，嘴里还说了些欢迎的话："斯科培洛听候尼古拉·斯塔科的吩咐！"

船长挥了下手算是回答了。随后，斯塔科走在前面，登上了斜坡，朝最近的几座房子走去。他在一个挂着"米勒尔娃"的招牌客栈里走去，其余的人也跟了进去。

过了一会儿，斯塔科船长和斯科培洛便坐在一个房间的桌子旁。桌上有两个杯子和一瓶拉基酒，这是用一种植物的花酿造的烈性酒。

接着，两人便开始了谈话。

斯科培洛长相丑陋，个子不高，人很狡猾。大约50出头，看上去还要显得老些。毛发稀疏，塌鼻子，生就一张大圆脸，下巴上留了一撮山羊胡，细瘦的身体顶着一颗硕大的秃头。他是个阿拉伯人，却出生在基督教的家庭里，穿着很简朴，外套一件斗篷。

他是专门替群岛间海盗们销赃的经纪人，擅长脱手抢来的财物，并在土耳其出售抓获的战俘，把他们运往北非。

"希腊现在情况如何？"船长问。

"跟你上次来时差不多！"斯科培洛说，"'卡里斯塔号'在海上航行了将近一个月吧？打你走后你就没听到什么消息吧！"

"是的，一点儿也不知道。"

"那我告诉你，船长。土耳其舰队准备把伊布拉欣帕夏和他的队伍送到希特拉岛去。"

"昨天晚上穿过纳瓦里诺的时候我看到了。"船长答道。

"自从你离开黎波里之后就没在其他地方停过船吗？"斯科培洛问。

"只停了一次！我在维铁洛停了几个小时……为'卡里斯塔号'补充水手。自从我离开马涅海岸后直到阿卡迪亚之前，我发的信号都没有回答。"

"也许是没有地方回答。"斯科培洛说。

"你说，"斯塔科说，"现在的缪乌利斯和加纳里斯在干些什么呢？"

"他们不过是到处袭击，占点儿小便宜，无法取得决定性的胜利。对了，当他们忙着驱赶土耳其人的船只时，海盗们倒是可以在群岛间大干一番呢！"

"人们是否常常谈起……？"

"萨克拉迪夫？"斯科培洛压低嗓子说："是的……，到处都在谈论他，而且总是谈他。斯塔科，现在大家谈得最起劲的就是他！"

"以后还会谈的！"

斯塔科站起身，喝完杯中的酒后，斯科培洛马上又给他斟满了。斯塔科来回踱着步，然后在窗前站住，双手抱在胸前，听着远处传来的土耳其士兵粗鲁的歌声。

没一会儿，他又回到斯科培洛对面坐下了，突然改变了话题。

"我知道你的信号表示，你有一笔人口买卖，对吗？"斯塔科问。

"是的，斯塔科，足以装满一艘400吨的船！他们都是那场大屠杀中的幸存者。那次土耳其人杀得太多了！要是由着他们杀戮，那肯定是一个活口都不会留的！"

"都是些男人、女人吗？"

"不，还有小孩！……什么都有！"

"在哪儿？"

"阿卡迪亚城堡。"

"想必你花了一大笔钱吧？"

"是的！你也知道帕夏很不好说话，"斯科培洛说，"他认为独立战争快完了，……真不幸！哦，不再有战争，不再打仗了！没有战场也就不再有'抢夺'了，用他们野蛮的话说就是'抢夺'，那就不再有人口或是别的东西可卖了！没有俘虏了，价格自然会高的！这倒是一个补偿，船长！我有确切消息说非洲市场正缺奴隶，现在运去还可以卖个好价钱呢！"

"好吧！"尼古拉回答，"一切准备就绪了吗？你现在能去

'卡里斯塔号'吗？"

"我已经准备就绪了。"

"那好，斯科培洛。8天或10天后，时间晚一点，货船将从斯卡潘托开出来取这批货。到时候交货没问题吧？"

"保证没问题，就这么定了，不过钱得现付。你最好先和艾利真多打好招呼，让他接下这笔生意。他的信誉很好，他签的字就等于是钱，帕夏拿他的支票当现金呢！"

"这就写封信给艾利真多吧！我最近要到科孚去一趟，正好把这笔生意办妥……"

"我们另外还会有一笔大生意的，斯塔科！"斯科培洛又说。

"也许吧！"船长说。

"说实在的，这不太公平啦！艾利真多太有钱了……实在是有钱！要不是咱们的生意照顾他，他去哪儿赚这么多钱呢？可咱们呢？咱们是冒着生命危险在海上卖命，每天被水手长的哨子呼来喝去。啊！可人家却能坐在家里发大财，当个强盗银行的老板还真不错呢！所以，斯塔科，你觉得这公平吗？"

"什么是公平？"船长凝视着他的大副问。

"怎么，你不知道吗？"

"嗯！"

"艾利真多的女儿……"

"只要是公平的，我们会动手的。"斯塔科站起身简单地说。

说完，人已走出了"米勒尔娃"客栈，斯科培洛跟在后面，两人来到了港口小艇靠岸的地方。

"上船，"他对斯科培洛说，"咱们一到科孚就去和他谈这笔买卖。之后你就回到阿卡迪亚准备装货。"

"上船！"斯科培洛答道。

一小时后，"卡里斯塔号"船便驶出了海湾。这一天从早到晚，斯塔科都听到了从南方传来的"隆隆"炮声。

这是联合舰队的大炮在纳瓦里诺湾怒吼。

神威炮舰

"卡里斯塔号"一直沿着西北方向航行。伊奥尼亚岛屿的沿途风景引人入胜,岛上的树林一处接一处地扑面而来。

"卡里斯塔号"的运气还不错,它的外表像一只循规蹈矩的普通船只,一半像游艇,一半像商船,一点儿都看不出它的真实面目。

从阿卡迪亚到被意大利人颇为诗意地称作"东方之花"的赞特岛之间相隔了20,000多米。从"卡里斯塔号"穿越的海湾里能看到斯科普斯山上长满绿色植物的峰峦,山间种满了橄榄树、橙子树。

微风从东南方向的陆地上吹来,方向稳定。于是,帆船挂起了第二层方帆和第三层补助帆,在赞特海面上破浪前进。

傍晚的时候,帆船已经可以望见和赞特岛同名的首府,那是一座漂亮的意大利城市。站在"卡里斯塔号"的甲板上,能望见城里的灯火。这些高高低低的灯火,从港口码头一直延伸到建在离地100米高的威尼斯款式的城堡屋脊,像是一个巨大的星座。这其中最耀眼的星就是街道上的文艺复兴宫广场和圣丹尼斯教堂。

斯塔科同这里的赞特居民一样，由于常跟威尼斯人、法国人、英国人、俄国人有很深的交情，变化真的是很大，所以也就不能和伯罗奔尼萨的土耳其人有什么商业往来了。

因此，船长斯塔科就没有给港口的海岸哨兵发什么信号，也不需要在这个城市港口停泊。"卡里斯塔号"穿过将赞特和阿卡依、艾利德分隔开的狭窄海面。大概，船上不止一个人为微风吹来的歌声所激怒，这也跟从丽都传来的多少船歌一样！但是，要捺住性子。帆船在意大利的旋律中前行。

第二天，它就已经靠近帕特雷湾了。

斯塔科站在"卡里斯塔号"的船头上，他的目光扫视着阿卡纳尼亚湾，向海湾北部眺望。这在他心里掀起了一个深沉而不可磨灭的往事追忆，这会使一个希腊孩子心酸吧！要是这个孩子很久以来不认他的母亲，背叛了他的母亲的话！

"看啊，那是梅索朗吉昂。"斯科培洛叫道，一只手指向东北方，"这些坏蛋，他们宁愿死也不投降！"

确实，两年前，这里既没有买俘虏人口的，也没有奴隶贩子，他们无事可干。经过10个月的战斗之后，梅索朗吉昂的守卫者们被伊布拉欣帕夏围困在这里，他们疲惫困倦、饥饿不堪，但决不投降，断然炸毁城堡炮台。到最后，男人、女人和孩子在爆炸中一同死去，而那些战胜者也同归于尽了。

早在一年前,就在这同一个地方,人们刚刚埋葬了一位独立事业的英雄——马可·波查里。拜伦爵士也令人沮丧地死在了这里,而今他的遗骸被安放在威斯特敏斯特寺院里,但是,唯有他的心还留在他热爱的这块希腊土地上。在他死后,这土地才获得了自由!

斯塔科猛地一挥手,作为对大副观察结果的回答。随后,帆船便飞快地离开了帕特雷海湾,驶向赛法洛尼亚。在这阵强劲的风的吹动下,不到几个小时就走完了赛法洛尼亚和赞特之间的这段路程。

但是,"卡里斯塔号"并未直奔其首府阿戈斯托里昂,那儿的港口虽然不是很深,但对于吨位不大的中等船只并无大碍。

到了晚上6时30分的时候,帆船朝着塔亚基驶去。

塔亚基岛有8海里长,1.5海里宽,岩石遍布,一片荒凉。但是这里却盛产油和酒,居民有10,000多人。虽然它本身没有什么历史,但在古代也还小有名气。

随着夜幕降临,拉厄尔特儿子的土地渐渐消失在夜色中,这里距离科法里尼亚最后一个海岬还有15海里。夜里行船,"卡里斯塔号"稍微靠近深海,以避开那些狭窄的航道。

借着月光,他们可以模模糊糊地看到180多米的高处有一片白色的陡壁似的东西,那就是往昔萨芙和阿黛米丝所歌颂的勒卡德瀑布。这个岛和瀑布同名,它们在初升阳光的照耀下,已经看不到任何痕迹了。帆船沿着阿尔巴尼亚海岸,奔向科孚岛前进。

如果斯塔科想在天黑之前到达这个岛的首府海面的话，那么这一天还要再赶20海里的路程。

虽然这20多海里对"卡里斯塔号"来说应该不算什么，但此时海风大作，这就需要舵手注意力高度集中，以免船在满帆时发生意外。幸好桅杆很结实，帆缆索具几乎是新的，质量也很好，同时没有用一块缩帆，也没收起一块补助帆。船驾驶得就像在一次国际竞赛中正进行着航行速度比赛似的。

就这样，帆船开始靠近帕克寿岛了。北面已经能看到科孚的山峰了，右边的阿尔巴尼亚海岸在遥远的地平线上勾勒出阿克鲁塞隆尼亚的影子。

在伊奥尼亚海的海面上可以看到一些悬挂着英国或是土耳其旗帜的军舰。但"卡里斯塔号"并不避讳任何一方。如果对方要他们停船接受检查，他们就毫不犹豫地服从，反正船上既无货物，也没有文件暴露小船的本来面目。

下午4时，帆船紧贴着海风驶入了将科孚岛和陆地分开的狭窄航道。帆索绷得紧紧的，舵手转动舵柄1/4周，想赶快登上岛顶南端的笔安哥岬角。

将近5时的时候，"卡里斯塔号"正在靠近小俄迪修斯岛航行，这里是连接卡里布洛湖和希腊老港口与大海的入口处。帆船继续绕着这个景色秀丽、长满芦荟和龙舌兰的地方前进。

在航道另一边是阿尔巴尼亚海岸线。帆船快速地掠过卡达丘湾、众多的废墟以及达官贵人们的夏宫，然后转向卡斯特拉德斯海湾。那儿有个叫做斯特拉达·马利纳的小市镇,但这几乎算不上什么大街,只不过是散步的场所而已。再前面是苦役犯监狱,以前似乎是个炮台,接着就看到了科孚的房子了。

"卡里斯塔号"绕过西德罗角,此处有个颇像军事小镇的城堡,里面很宽敞,足以容纳司令府邸、军官住宅、一个医院和一个希腊教堂。

最后,帆船向西径直航行,绕过圣·尼柯罗角,又沿着岸边走了一段。这时已经来到了城市的北边,那上面尽是层层叠叠的房屋。船长命令将帆船在距防波堤10米的地方停泊。

小艇上装备了武器,斯塔科和斯科培洛坐在上面,船长腰上别了一把在梅赛尼亚地区很流行的短刀。两人在卫生部办公楼前下船,出示了各自的有效证件。随后,他们便可以随便在岛上游览观光了。同时约好11时回到船上。

斯科培洛是负责"卡里斯塔号"事务的,他穿过狭窄而弯弯曲曲的带意大利名字的小街,走在这个城市的商业区,一片那不勒斯的混杂和嘈杂。斯塔科独自一人来到科孚的高尚地区——岛上最热闹、最繁华的地方大广场,他打算利用今晚打听些情况。

大广场两侧长着许多美丽的树木,一直延伸到城市和堡寨之间。川流不息的人流中有不少外国人,但又不同于节日的人流。斯塔科混在人群中,他清楚地看出人们激动的情绪不同往常。他不需找人询问,而是更愿意倾听人们的谈话。给他印象最深的就是人群中不断重复讲起的一个名字——萨克拉迪夫。

这名字一开始似乎有点激起他的好奇心，但是，他只略略耸了一下肩头，便继续走下广场，一直走到俯临海面的台阶前面。

这时，一群凑热闹的人正围在一个圆形寺院的旁边。这寺院是不久前为纪念马·迈德兰爵士而修建的。几年之后，还要在这儿树一个具有纪念意义的圆柱，表示对他的继承人之一的哈华德·道格拉斯爵士的敬意。同时对现任高级专员费德烈·亚当爵士，也要树一个雕像。如果英国继续拥有对该地的保护权，伊奥尼亚诸岛再不归入希腊版图的话，那么，科孚的每一条街道都将会被总督的雕像塞满了吧！不过，当时许多科孚人对这些铜像或石像并未加以指责，而现在，他们中间有些人要结合过去的所作所为，恼恨联合王国代表们的这些行政上的陋习了。

如果说，在这些不同种族居民的城市生活中，出现一些关于各种利益的意见分歧的话，那么，这一天什么不同意见仿佛都会溶入于一种共同想法，溶入于对这个不断提到名字的某种诅咒之中了。

"萨克拉迪夫！萨克拉迪夫！抓住海盗萨克拉迪夫！"

熙熙攘攘的人群中，有说英语的、意大利语和希腊语的，尽管在发这个名字时音不尽相同，但是大家对这个名字的百般诅咒中少不了都带着一点儿恐惧的情绪在里面。

斯塔科一脸严肃，一言不发地边听边走。从台阶高处能望见科孚的大部分海域，它像一个内湖一样被阿尔巴尼亚山脉环抱，在夕阳的映照下染成一抹金色。斯塔科把目光转向港口，发现了明显的行动，无数的小艇向战舰驶去。这些战舰和竖在堡寨顶上的旗杆互相交换了信号，于是那厚实而巨大的芦荟后面的炮位和掩体都不见了。显然，对一个水手来说，他决不会弄错，这些信号意味着一批战舰将驶离科孚。如果确实如此，应该可以承认，科孚的居民肯定可以从其中获得极大的好处。

没一会儿，太阳就已经完全消失在岛上的高山后了。由于这个纬度下的黄昏相当短暂，天很快就要黑下来了。斯塔科想到应该离开平台了。

他走下台阶，让那群人怀着好奇和恐惧继续谈论吧！接着，他以平静的步伐走向阿尔姆广场西侧的那排房屋。

斯塔科慢慢走到一家饭店面前，看到店里面坐满了人，料想里面那些人在茶余饭后一定少不了互谈大名鼎鼎的萨克拉迪夫的消息了。于是，他就找了一个很好的位置坐下，要了酒菜，边吃边听邻座其他人的谈话。

"说真的，"一个斯特拉达·马利纳的船主说，"现在做生意已经谈不上什么安全了，地中海东岸这一带谁敢拿价值昂贵的货物上船去冒险啊！"

"再过不久，"一个像议会里的主席似的英国佬说道，"等着吧，很快就找不到一个水手愿意在希腊群岛之间航行了，再也找不到了！"

一个瘦个子说："他爷爷的，萨克拉迪夫的手段可真够狠的,地中海东岸现在都成了他的天下啦!"

只听得一个大胖子说道:"只要肯出钱,萨克拉迪夫的狗头也会被人割下的!"

"嘿!萨克拉迪夫这家伙……萨克拉迪夫这家伙!"好几堆的人不断地发出愤恨的叫喊声。

咖啡店老板说:"大家喊这名字把喉咙都喊哑了,该润润嗓子了!"

"谁知道'西方塔号'几时起航啊?"一个批发商问。

"8时",科孚人答道,他又用一种不大有把握的声调说,"光是船开出去不算,要到达目的地才算数!"

"唉,会到的!"另一个科孚人叫道,"难道一个海盗会把英国海军打败吗?不会的……"

"还有希腊海军、法国海军和意大利海军!"一个英国军官冷冷地插了一句,他希望每个国家都在这个问题上沾上点不愉快的事。

批发商站起来说:"时间快到了,如果想参加'西方塔号'的起航式,那么现在就该到广场上去了!"

有人说:"别忙,不用急。何况,起航时会开炮的。"

于是闲聊的人们又继续聊下去了,而且还异口同声地大骂萨克拉迪夫。

斯塔科转身面向邻座客人们笑嘻嘻地问道:"打扰,打扰!请问这萨克拉迪夫是个什么人啊?怎么大伙儿都这么痛恨他呢？"

那有个胖食客仰天打了两个哈哈，笑道："老兄，你连恶贯满盈的大海盗萨克拉迪夫都不知道吗？看你这身打扮，也不像是本地人啊？"

斯塔科假装笑道："是的，我是刚从扎拉来的。我对伊奥尼亚诸岛的情况不了解。"

"那就说说在群岛间发生的事吧！"那个胖食客叫道，"实际上，萨克拉迪夫就是在群岛一带干他的海盗勾当的！"

"啊！"斯塔科说，"他是一个海盗吗？"

"一个海盗、一个土匪、一个海上海盗！"胖食客说，"对，萨克拉迪夫所有这些名号都够得上，你随便创造出一个什么称号来形容这个坏蛋都行！"

"哦，先生，这些词对我来说并不陌生，请你相信。可我不明白为什么全城的人都这么激动，难道说这个海盗要来科孚抢掠吗？"

"他敢！"胖食客叫道，"他从不敢把脚伸到我们岛上来。"

"啊！真的吗？"斯塔科船长问道。

"当然了，先生！如果他敢来，那就等着上绞架吧！对！这里到处都准备好了绞架，在这岛的每一个角落，只要他一过来，就把他逮住！"

"但这种激动的情绪是从何而来呢？"斯塔科问，"我到这

· 069 ·

儿才一个小时，我还不了解这种激动不安……"

"是这样的，先生！"胖食客回答，"有两艘商船，一艘叫'三兄弟号'，一艘叫'卡纳迪克号'，大约一个月前遭萨克拉迪夫抢劫，船上还活着的人全被他在的黎波里市场上卖了！"

"哦，真是件糟糕的事，"斯塔科说，"萨克拉迪夫以后会后悔的。"

胖食客越讲越激动，看来是对萨克拉迪夫恨之入骨了。斯塔科从胖食客的口中得知，凡是在地中海有贸易业务的大商人全都携手联合起来了。他们一起筹钱购买了一艘大炮舰，招募了一批优秀的水手充当炮手，大炮舰舰长由经验丰富、沉着老练的海员斯特拉德纳担任。炮舰火药充足，装备先进。由于大商人们饱受大海盗萨克拉迪夫在海上的骚扰，所以他们铁定心要将萨克拉迪夫碎尸万段，所以不惜耗去巨资也要收拾这个大公敌。

其实那个胖食客说得并不夸张，这是千真万确的事实！这几年来，萨克拉迪夫的劫掠行为非常令人愤怒。数不清的各种国籍的商船都曾经被这个既大胆又狠毒的海盗所袭击。萨克拉迪夫是从哪里来的？是什么地方的人？他属于北非沿岸的海盗帮吗？没有人能说得清楚，也从来没有人见过他。凡是曾经碰上他的炮火的，有些被杀死了，也有些则被卖为奴隶，就不曾有过一个生还者。

也没有人能说清萨克拉迪夫到底乘的是一艘什么样的船。一会儿他乘一艘地中海东岸的双桅横帆快船出击,一会儿又登上一艘任何船的速度也赶不上的轻便炮艇抢掠,船上总是挂着黑旗。如果和他遭遇的是一艘大船,他只要发现自己占不了便宜,马上就跑得无影无踪了。

现在的斯塔科已经了解了萨克拉迪夫的情况以及其他想要了解的,随后斯塔科便起身离开了饭店,又向大广场的方向走去了。

斯塔科忽见大广场人潮涌动,都往岛上的大炮台走去,却不知大炮台发生了什么事,当下也紧随人群而去。

原来是大商人合资共买的巡逻舰"西方塔号"要下水出海了。只听大炮台一声炮响,"西方塔号"就应声下海,缓缓地滑进了航道,向伊奥尼亚海驶去。

现在,一切又恢复了平静,人群也逐渐散去了。广场上还剩下稀稀落落的一些游人,为了买卖上的事或是玩乐,没有走开。

斯塔科站在空旷的广场上足足沉思了一个小时,但是无论在他的脑子里还是在他的心里都不曾安静下来。他的眼里闪烁着亮光,目光下意识地追逐着已经消失在岛后面的炮舰。

这时,教堂的钟敲响了11时,斯塔科猛然想起要到卫生部去赴斯科培洛的约会。于是急忙向码头赶去,只见斯科培洛正在码头上等他。

船长走到斯科培洛身边说道:"'西方塔号'巡逻舰已经下水走了!"

"嗯!"斯科培洛说。

"是去追捕萨克拉迪夫啦!"

"那有什么用,反正结果都是一样的!"斯科培洛简短地回答了一句,手指着在舷梯下面正在激起浪花,而且不停地摇晃的小艇。

不一会儿,小艇靠上了"卡里斯塔号"。斯塔科纵身一跃便跳上了船,随后说道:"明天见,在艾利真多家!"

斗争到底

第二天上午10点,斯塔科穿好衣服后跳上了岸边。他决定要去找银行老板艾利真多。

斯塔科和艾利真多打了很多次交道了,他们两个人也有过大交易。他们双方都非常熟悉彼此的底细,艾利真多甚至还知道,斯塔科就是亨利·达巴莱那天谈到的那位著名爱国妇女的儿子。但没有任何人知道,也不可能知道,"卡科斯塔号"的船长究竟是个什么样的人。

斯塔科轻车熟路地来到了艾利真多的家门口。两天前,从阿卡迪亚发信的就是斯塔科,所以大家都在等着斯塔科的到来。他一到马上就有人把他带到了银行家的办公室,银行老板小心仔细地把门锁好。现在的屋子里只有老银行家和他的客户,不会有人来打扰他们,更不会有人听到他们的谈话。

"哈哈,老伙计,我们又见面了,很高兴再次看到你。"斯塔科握着艾利真多的手说道,随后便往椅子上一靠,像是在自己家里一样随便。"我快有半年没有见过你了,即便我们彼此都知道对方的消息，但当我路过科孚的时候，我还是决定来见见你，跟你叙叙旧。"

"可我看你的样子并不像是来找我叙旧的。"银行家用低沉的声音说道，"说吧，斯塔科，你究竟找我有什么事？"

"这才是我认识的老朋友嘛！不谈感情，只谈生意！"

"你为什么要来我这儿，而且还给我写了信？"

"好吧！艾利真多，我们来谈笔大买卖吧！"

"你在信上说有两件事要商量，一件是关于生意上的往来，还有一件完全是私事。"银行家说。

"不错，艾利真多。"

"那好，说吧，斯塔科！我想马上知道是哪两件事！"

"我的手里有一批俘虏，男女老少都有，不多不少，正好237人，要转运到斯卡庞陀岛，由我负责把他们从那儿运去北非。你是知道的，土耳其人是认钱不认人的，没有钱或票据他们是不会交货的。我来就是想让你签个字，我想你会同意的。我让斯科培洛把汇票准备好了，马上送来。我想你应该没问题吧？"

银行老板没答话，可是他的沉默已表明对船长的要求表示同意，因为这在过去是有过先例的。

斯塔科漫不经心地说："我还得补充一点，这笔买卖指定会赚大钱。因为奥斯曼帝国在希腊的作战行动已经失败了，欧洲列强参战了，纳瓦里诺一仗土耳其损失惨重。如果停战，那就再也没有俘虏买卖了，也就再没钱可赚了。所以这最后几批货肯定能

• 074 •

在非洲海岸卖上大价钱的。和之前比，这回的赚头要大得多，比如你那一份——你能在上面签个字吗？"

"我可以给你的汇票贴现，但我不能给你签字。"艾利真多说。

船长回答道："但我更希望你能签字！以前你给签字的时候可是从来都不犹豫的呀！"

"从前和今天不一样。"艾利真多说，"今天我对这一切有了另外的想法。"

"哦！真的！"船长叫道，"那就随你的便吧！不过我听人说，你不想做这行生意了，是吗？"

"是的，斯塔科！"银行家语气坚定地说，"至于你的事，这是我们最后一次合作了，既然你坚持要我做！"

"这件事你非做不可，艾利真多！"斯塔科冷漠无情地说。

然后，斯塔科站起身来，在屋子里转了几圈，不停地用眼睛盯着艾利真多。最后站在他面前，用一种揶揄的口气说："你现在有钱了，所以就不想干这买卖啦？"

艾利真多没有理睬他。

紧接着，斯塔科的声音变得尖锐起来："你的身家已经有几百万了，你一个人肯定是花不完的，你肯定是打算留给你女儿了。"

接着，斯塔科又说道："给漂亮的哈琼娜·艾利真多之后，她将继承她父亲的财产！对，就是这样！可她又能怎么样呢？孤独的一人守着那么多钱吗?"

艾利真多霍地站了起来,一脸正色说道:"我女儿是不会一个人的!"

"难道你把她嫁出去了吗?我的朋友,你想想吧,如果娶她的男人知道了她父亲的财产是怎么来的以后,那他还会娶你的女儿吗?要是你的女儿知道了你的勾当,那她还敢嫁人吗?"

"她是不会知道这一切了,我是不会让她知道的!"

"好!你不告诉你女儿,那就由我来告诉她吧!"

"别乱来!"

斯塔科依旧嬉皮笑脸道:"我们彼此都不是什么好人,这一点你是知道的!你发的是不义之财,我干的是伤天害理的事情。我们一个半斤一个八两,所以我最适合娶哈琼娜·艾利真多了!"

艾利真多不甘心就这样被斯塔科控制。他怒道:"你别白日做梦了,哈琼娜早就成了别人的未婚妻了。"

"别人!"尼古拉·斯塔科大叫起来,"这么说我还来得还真巧啦!银行家艾利真多的女儿要嫁人了?"

"实话告诉你,哈琼娜再过5天就要结婚了。"

"谁是未婚夫?"

"一个法国军官。"

"是援助希腊的帮手吧?"

"不错!"

"他叫什么名字?"

"亨利·达巴莱上尉!"

"艾利真多先生,你省省吧!你不为你自己着想,你也应该为你的女儿着想吧!我们跟希腊人有仇,亨利·达巴莱要是知道你的真实身份,他是不会娶你的女儿的。"

艾利真多听斯塔科这么一说,心灰意冷道:"我死了算了,这样总能让我的女儿幸福吧!"

"你还是有点自知之明的,但你死了事情却没有结束的意思。你的死会引起多少人的猜疑啊?你好好想想吧!"

紧接着,斯塔科又说:"哈琼娜·艾利真多嫁给了我,她才会永远幸福,而我们的事也不会泄露出去。这样两全其美的事情,你本来就应该求我帮忙的。"

艾利真多当然知道斯塔科的真正企图,他是想夺走自己的几百万财产。

哈琼娜丝毫不知道这封通知"卡里斯塔号"船长要来的信。可自从那天起,她似乎察觉到父亲比平时显得更加忧郁、更加阴沉了,好像有什么不可告人的秘密压得他难以承受似的。

那天,当斯塔科出现在银行门前,她就对斯塔科生出了一种天生的反感,而且还有些隐隐不安。在这之前,斯塔科来过几次,所以哈琼娜认得他。他总是盯着她看,让她觉得讨厌,尽管他从不像别的客人那样与她寒暄。姑娘注意到了,每次"卡里斯塔号"船长来过以后,父亲都要消沉一段时间,而且还带有恐惧的感觉。这让哈琼娜很不喜欢这个人。

哈琼娜从没对达巴莱谈起过这个人。因为她觉得父亲与他无非是业务上的联系，至于艾利真多的业务和他所做的买卖，哈琼娜是一点儿都不知道。所以青年军官就更不知道他们的关系，不仅仅是银行家与斯塔科之间的关系，也不知道船长与他从柴达里战场上救出来那位英勇的妇女之间的关系。

同时，埃克查理斯也和哈琼娜一样见到过银行家在账房接待斯塔科。他也和年轻姑娘有同样的感觉，只是由于他天性爽朗果断，这种情感在他身上就是以另一种方式表现出来的。如果说姑娘是尽量避开这个人的话，那埃克查理斯则是像他自己说的，制造机会接触他。

"当然，我不能这么做，"埃克查理斯想，"但是会有机会的！"

因此，"卡里斯塔号"船长这次来拜访银行家艾利真多，让埃克查理斯和姑娘感到不快。当斯塔科没有透露任何有关谈话内容就离开房子朝港口走去时，他们两人都松了一口气。

之后，艾利真多把自己关在办公室里一个小时。他吩咐没有他的允许，他女儿或埃克查理斯都不能进去。由于谈话延长了时间，他们的焦虑随着时间在增长。

突然，艾利真多按响了铃——铃声听上去有些犹豫不决，像是一只失去自信的手按的。

埃克查理斯推门进去，来到老板面前。看到艾利真多坐在他的高背椅上，神情沮丧，好像跟自己打了一场硬仗似的。接着，艾利真多抬起头看着埃克查理斯，好像认不出他似的，把手支在额头上："哈琼娜呢？"

埃克查理斯朝艾利真多鞠了一个躬，立刻走出书房，带来了美丽的哈琼娜。

艾利真多伤心地说："请原谅我，你不能跟亨利·达巴莱结婚了！"

"父亲，你怎么啦？我不明白你的意思！"哈琼娜声音颤抖了起来。

"这是迫不得已的事情，请你原谅我！"艾利真多眼泪都流出来了。

"父亲，我真的不明白你的意思，你能够静下心来好好跟我谈谈吗？我从没违背过你的意愿，你是知道的。可是，你得告诉我到底是为什么你不许我和达巴莱结婚吧？"

"别问那么多了，我要你嫁给斯塔科船长。"

哈琼娜听到这个消息后，差点昏过去。

"你别无选择，我的哈琼娜。"

"我只要我一辈子的幸福！"

"他会给你幸福的！"

"我不明白你为什么会选择他？"

"这关系着我的名誉"

"难道你的荣誉要靠别人，而不是自己吗？"哈琼娜问。

"是的,要靠另一个人,而这个人就是尼古拉·斯塔科!"

说着,老银行家站了起来,他目光惊慌,面部扭曲,好像是脑溢血要发作了一样。

看到父亲这副样子,哈琼娜恢复了镇定,她一面往外退,一面说:"好吧,父亲!……我答应你!"

也许她这一辈子就此完了,可她明白在她父亲和尼古拉·斯塔科之间一定有着可怕的秘密。她知道父亲被那个可恶的家伙握在了手里!……她屈服了,她把自己给牺牲了!……而她父亲的荣誉需要这种牺牲!

埃克查理斯把快要昏倒的哈琼娜抱在怀里,并把她送回了她的房间。当听她讲述了刚刚所发生的一切,她可知道自己放弃的是什么吗?……埃克查理斯心里对尼古拉·斯塔科更加地恨之入骨了。

一小时后,达巴莱来到艾利真多家。女佣告诉他小姐不能见他。他要求见银行老板,而银行老板也不见他。他想跟埃克查理斯说几句话,结果埃克查理斯也不在。

于是,亨利只好先回到旅店。此时的他感到非常地不安,因为他从未受到过这样的待遇。所以他打算晚上的时候再去一趟。

傍晚的时候,他正要出门,这时有人递给他一封信。他打开看到:

尊敬的亨利·达巴莱先生:

很遗憾地告诉你一个坏消息,我女儿哈琼娜·艾利真多和你的婚约现已作废。原因与先生本人无关，婚礼将不再举行，亨利·达巴莱先生将从即日起停止到本府的拜访。望自重！

艾利真多

一开始，青年军官根本就没明白信的意思。然后，他又读了一遍，之后他完全懵了。艾利真多家到底发生了什么事呢？为什么会突然变成这样了呢？昨天晚上，当他离开那所房子时，里面还在为他的婚礼做准备呢！银行家待他也跟平常一样。至于哈琼娜，一点儿都看不出她的感情有什么变化呀！"啊，对了，哈琼娜没有在信上签名！"他对自己说，"信上只落了'艾利真多'！也许哈琼娜根本就不知道她父亲给我写了什么！……是老银行家改变了主意，他是瞒着她的！……可为什么？我看不出有任何理由啊！哦！我知道挡在我和哈琼娜之间的障碍是什么了！"既然他已经不能到银行老板的家里去了，他就写了一封信，"我有充分的理由知道解除婚约的原因。"然而去没有回信。于是他又写了一封，又写了两封，但都好像石沉大海了。紧接着他又给哈琼娜写。他以爱情的名义请求她，给他回信，哪怕她的回答是拒绝他，甚至永不相见！……可还是没有回答。也许信没有到达姑娘手中。至少达巴莱是这样认为的。他了解她的性格，确信她一定会回信的。于是，这位失望的青年军官到处寻找埃克查理斯。他总在银行附近转悠。可这也没用。也许，埃克查理斯遵从老板的旨意,也许是听从了哈琼娜的恳求,总也不出来。10月24日、25日这两天就这么白白地过去了。在无法形容的痛苦中,达巴莱觉得他简直无法忍受了!但他错了。因为10月26日这天,他听到的消息是对他更加可怕的打击。不仅仅是他和哈琼娜的婚约解除所闹得满城风雨,而且哈琼娜·艾利真多要和别人结婚了!达巴莱被这个消息彻底击垮了,因为有另一个人要做哈琼娜的丈夫了!"我一定要知道这个人是谁!"他喊叫道,"不管这个人是谁,我都要知道!……我要追到他面前!……我要跟他谈谈!……而且他必须回答我!……"青年军官很快就知道了谁是他的情敌。他看见他走进那房子,等他出来后就跟在他后面,一直跟到港口,防波堤下有只小艇等着,他看着他登上了一艘三桅船。那就是尼古拉·斯塔科,"卡里斯塔号"的船长。

10月27日。达巴莱得到了确切的消息,尼古拉·斯塔科和哈琼娜·艾利真多的婚期快到了,因为婚礼的准备工作正在加紧。结婚仪式定于本月30日在圣·斯丽比琼教堂举行,这正是达巴莱原定的结婚日子啊!只是新郎不是他,换了个不知从哪儿钻出来,要到哪儿去的破船长!达巴莱气得不能自持,决定去找尼古拉·斯塔科决斗,哪怕一直追到教堂的圣坛下。不杀掉他,就被他杀死,至少不会那么窝囊,结束这难以忍受的局面。不管他在心里说多少遍,"这门婚姻是艾利真多定下的,这个丈夫是她父亲给安排的。"可他仍旧无法平息自己的愤怒。"对了。她是被迫的!……那个男的给她施加了压力!……所以她牺牲了自己！"

　　10月28日一整天，达巴莱试图碰上到斯塔科。他在斯塔科平常上岸的地方监视，在他去银行的路上等，可都没见到斯塔科的影子。再过两天，那可恶的婚礼就要举行了。——两天，就这两天，他一定得设法到哈琼娜的身边，或者当面和尼古拉·斯塔科决一死战！

　　可是，29日晚上6点左右，发生了一件意外的事情，这使形势发生了急剧变化。

　　下午，人们纷纷议论银行家脑溢血发作。

　　实际上，艾利真多两小时以后就死了。

为了两千万

这突如其来的结果,谁也不能预料到。达巴莱一听到这个消息,自然想到的是对他有利的。不管怎么说,哈琼娜的婚期肯定是要推迟了。尽管年轻姑娘此时处在悲痛之中,但青年军官还是立刻来到老银行家的房子里,可他既没有见到哈琼娜,也没看见埃克查理斯的影子,所以他只能等了。

"如果哈琼娜与斯塔科船长的婚姻是她父亲的意愿的话,"达巴莱暗想,"那她父亲现在不在了,那婚约也就自然不算数了!"

这个推理是正确的。由此我们可以推断,达巴莱的机会增加了,而斯塔科的自然就减少了。这很自然。

第二天一早,由斯科培洛提起话题,斯塔科船长和他的大副就此事进行了讨论。

这天早上10点,"卡里斯塔号"的大副就回到了船上,并把艾利真多的死讯告诉了斯塔科船长,——现在全城人都知道了这件事。

有人认为斯塔科一听到这个消息指定会大发雷霆，但他却并没有人们想象的那样，反而是无动于衷。船长很会控制自己的情绪，而且不轻易指责已经发生的事情。

"啊，艾利真多死了？"他只是简单问了一句。

"是……他死了！"

"有可能是自杀吗？"斯塔科低声地，好像自言自语地说。

"不，"斯科培洛回答，他听见了船长的话，"不是！医生们都认为那是脑溢血引起的……"

"突发性的？……"

"差不多。他马上就失去了知觉，死前一个字也没说！"

"这样也好，斯科培洛！"

"那当然，船长，反正阿卡迪亚那笔生意已经成了……"

"完全……"斯塔科说。"我们的汇票已经预付了。现在你可以一手交钱、一手接货了。"

"嘿，见鬼，现在正是时候！"大副叫道，"如果这笔买卖做成了，那另一笔呢？"

"另一笔？……"斯塔科平静地说，"好吧！这一笔也让它该成交的时候就成交吧！我没看出形势有什么变化，哈琼娜将继续遵从她死去父亲的财产，就像他活着时一样，为了同一个理由。"

"这么说，船长，"斯科培洛又说，"你不想放弃这件事了？"

"放弃？"斯塔科用坚定意志的声音叫道："你说，斯科培洛，这个世界上有谁在一伸手就能拿到两千万的时候竟然放弃了？"

"两千万！"斯科培洛边笑边点头，"对，我就估计这个老艾利真多有两千万的财产！"

"这可是一大笔有价证券啊！"斯塔科又说，"而且可以立刻兑现的。"

"那要尽快成为合法拥有者了，船长。因为现在都归美丽的哈琼娜·艾利真多所有……"

"对，它应该归我，是我的！斯科培洛，别担心！我一句话就能毁掉她老爹的名声，即便是死了也一样！他女儿关心他的名誉胜过财产！但我不会说的，也没什么可说的！我过去对她老爹施加的压力今后也可以用来对付她！她会乖乖地带着两千万的嫁妆当斯塔科的老婆。斯科培洛，你要是不信，就说明你不了解'卡里斯塔号'船长！"

斯塔科带着十足的自信，让没什么信心的大副也开始相信头天晚上发生的事情，这是不会影响船长实现他的计划的，只不过是时间推迟的问题。现在斯塔科唯一要考虑的是推迟多久。

第二天，他就去参加了富翁艾利真多的葬礼。葬礼很简单，邀请的人也不多。他在那个场合碰上了亨利·达巴莱，可他们只是相互打量了一下，什么也没有发生。

艾利真多死后的第五天，"卡里斯塔号"船长无法见到年轻的姑娘，账房的门也关得紧紧的。就好像银行随着他的主人一起死了似的。

另一方面，达巴莱也并不比船长幸运多少，他也没有见到哈琼娜，写信也没有回音。不由得让人怀疑哈琼娜是否已经在埃克查理斯的保护下离开了科孚，因为现在已经哪里都找不到埃克查理斯。

然而，"卡里斯塔号"船长压根就没想要放弃他的计划。他总是对自己说只是时间推迟一点罢了。靠着斯科培洛和他自己的坏主意，到处散布斯塔科要和哈琼娜结婚的谣言，使得人们都信以为真。现在只是在等服丧期过去，也要等银行一切恢复正常。

至于富翁留下的财产，大家都知道数字庞大，只是当街头巷尾谈论的时候被夸大了很多。是呀！大家肯定艾利真多的遗产不少于一亿！年轻的哈琼娜，多幸运的女继承人啊！斯塔科，多幸福的男人啊，他将把她娶到手啦！在科孚的大街小巷以及偏远村落，人们谈论的都是这个话题。人们一群群地涌到老银行家的所在地，看看这个著名的老房子，里面有那么多的金钱，因为支出很少，应该还留下很多吧！

这确是一笔庞大的财产，差不多有两千万，正像斯塔科和斯科培洛说的，都是很好兑现的证券，而不是地产。这也是在银行家死后，哈琼娜和埃克查理斯所知道的，但他们还没有弄清楚这庞大数目的来源。

由于埃克查理斯对于银行和账房里的事务比较熟悉，他经手过许多票据和账本，所以查起来不太困难。显然，艾利真多曾想毁掉的部分文件但没来得及毁掉，死亡却提前把他带走了。所有的单据、账本都在，一切就会水落石出。

哈琼娜和埃克查理斯现在对这两千万的来源太清楚了！这是一笔在多少肮脏的交易，多少苦难与不幸上堆积起来的财富啊！用不着再查了！这就是为什么斯塔科能牵着艾利真多的鼻子转的原因了！因为他们是同谋！他只要说一个字就可以毁了老银行家！而只要他不泄露，他就可以不露痕迹地继续下去！所以，他要从父亲身边夺走女儿作为保持沉默的代价！

"可怜的人啊！……可怜的人！……"埃克查理斯不停地叫着。

"别说了！"哈琼娜说。

艾利真多死后的第六天晚上7点，斯塔科被邀请立刻到银行去，埃克查理斯在码头的阶梯上等他。埃克查理斯传话的语气谈不上友善。不过当他和船长说话时，声音倒是挺温和，很有吸引力的。只是斯塔科可不是用点甜言蜜语就能哄得住的。

他跟着埃克查理斯来到账房。周围的人看到斯塔科走进这座一直门窗紧闭的房子时，都认为他要交好运了。

斯塔科在哈琼娜父亲的办公室里见到了她。她坐在桌前，上面堆满了纸张、文件和账本。船长明白姑娘已经知道了这里的生意往来。但她是否知道了她父亲和海盗间的关系呢？斯塔科心里暗想。

船长一进来，哈琼娜就马上站了起来，这样就避免请他坐下。随后，哈琼娜示意埃克查理斯出去。

她穿着丧服，神色凝重，因缺少睡眠而眼睛疲倦，整个人看上去极度虚弱，但精神毫不萎靡。这次谈话，对每个人都关系重大，所以要始终保持镇定。

"我来了，哈琼娜·艾利真多，听候你的吩咐，你为什么把我叫来了呢？"斯塔科问道。

"有两个原因，斯塔科。"哈琼娜直截了当地说："首先我要告诉你由我父亲订的婚约，现在应该取消了，我们之间不再有任何关系。"

"在我看来，"斯塔科冷漠地说："我的回答是：哈琼娜·艾利真多，你是否考虑过这样说的后果呢？"

"是的，我考虑过了。你必须明白我的决定是不会更改的，因为我不想再知道艾利真多银行和你以及你们那一伙人之间做的是什么性质的交易，斯塔科！"

"卡里斯塔号"船长被这个干脆利落的回答惹恼了。他曾以为哈琼娜会以某种温和的方式告诉他取消婚约，他也打算好了如何把她父亲和他之间的关系抖出来，迫使她就犯。可她现在已经知道了一切，这本来是他手中的一张王牌，现在对她却不起任何作用了。他不相信自己已被人缴了械，于是用十分嘲讽的口气说："既然你已经知道了你父亲所做的一切了，那你就应该承担责任！"

"我会的,斯塔科,我会一辈子承担的,这是我的义务!"

"我能否认为,"斯塔科说:"亨利·达巴莱上尉……"

"别把达巴莱的名字扯进来!"哈琼娜激动起来,然后她镇定下来,为避免对方就此纠缠,她又说:"你知道的,斯塔科,亨利·达巴莱上尉永远不会娶银行家艾利真多的女儿!"

"他很难缠的!"

"他是个非常正直的人!"

"为什么?"

"因为他不会娶一个父亲是开海盗银行的女继承人!他不会的!一个正直的人决不会接受用卑鄙的方式弄来的钱财。"

"我们现在尽说些和解决我们之间的问题无关的事。"斯塔科说。

"我们之间的问题已经解决了!"

"请允许我提醒你注意,你应该嫁给我,而不是达巴莱上尉!你父亲的死也不能让你随意改变过去的决定。"

"我遵从我的父亲,"哈琼娜说,"我遵从他的意思,却并不知道他要我牺牲的真正动机!现在我明白了,我可以帮他挽回声誉!"

"既然你知道……"斯塔科说。

"我知道,"哈琼娜打断他:"我知道你是他的同谋,你把他拉进肮脏的交易中,你让银行赚进几百万。我知道你威胁他,如果不把女儿嫁给你,就要揭发他这些不光彩的行为!可是,尼古拉·斯塔科，你从没想过，除了听从我的父亲嫁给你以外，我还可以做点别的事吗？"

"行了，哈琼娜·艾利真多，我不想跟你啰嗦了！如果你父亲还活着，你为他的名誉着想，那他死了，你也一样得为他牺牲。要是你坚持不肯履行你我之间的婚约……"

"你就把一切都说出来吧，斯塔科！"哈琼娜带着轻蔑和厌恶叫了起来，这倒让那个无耻的家伙涨红了脸。

"是的……一切！"他说。

"你不会那样做的，斯塔科！"

"为什么不会？"

"因为这等于你在揭发你自己！"

"揭发我，哈琼娜·艾利真多！你想想，这些生意有哪笔是以我的名义做的呢？你以为是我，尼古拉·斯塔科在群岛间穿来穿去贩卖俘虏人口吗？不！根本就没我的份。你如果逼我，我就要讲！"

哈琼娜死死盯着船长的脸，她的眼睛因为正义而充满勇气，和船长那双令人惧怕的眼睛针锋相对时毫不退缩。

"尼古拉·斯塔科，我只要一句话就可以揭发你，你要和我结婚，既不是同情，也不是爱情，你只是想得到我父亲的这笔财产！是的，我可以对你说：这就是你想要的几千万！……瞧，就在那儿呢！拿去吧！……拿走吧！……永远别让我见到你！……但我不会这样做，尼古拉·斯塔科！……这几千万我继承了……

你是不会得到的!……我要留着它!……我要用它来做合适的事情!……不!你得不到的!……现在你赶快出去吧!……离开这个房子!……出去!"

哈琼娜伸出一只手臂,高昂起头,好像在诅咒船长,就像几个星期前,安德罗妮可站在老家的门前诅咒她的儿子一样。

如果说斯塔科在他母亲的手势前退缩了,那这次他却坚决地走到哈琼娜面前。

"哈琼娜·艾利真多,"他用低沉的声音说:"这几千万我要定了!……不管用什么方法,它该归我……我将拥有它!"

"不!……我宁愿把它毁掉,或是扔进海湾!"哈琼娜答道。

"我说了,我会得到的!……这是我该得的那份!"

尼古拉·斯塔科紧紧抓着哈琼娜的胳膊,他十分恼火,已经克制不住自己了。他的眼睛露出了杀人的凶光,看来想把她弄死!

哈琼娜发现情况不妙。死!他现在就可以置她于死地!可她并不怕死,但充满活力的哈琼娜还有自己的打算,她还不想死。

"埃克查理斯!"她叫道。

门打开了,埃克查理斯走了进来。

"埃克查理斯,把这个人赶出去!"

尼古拉·斯塔科还没来得及转身,就被两支铁臂抓住了。他觉得自己快要窒息了。他想说话、喊叫……可他被勒得紧紧的,挣不开也叫不出。随后便被扔到门外。

埃克查理斯只对他说了一句话:"我不杀死你是因为哈琼娜没叫我杀你!等她对我说了,我就会做的!"

随后,埃克查理斯便关上了门。

这个时候,街上已经没有行人了。没有人看见刚才发生的事情,但人们是看着他进去的,这就够了。达巴莱知道尼古拉·斯塔科被邀请进去了,而自己却被拒之门外后,不由得也和大家一样,认为"卡里斯塔号"船长已经和哈琼娜两情相悦,谈婚论嫁了。

这对他是什么样的打击啊!斯塔科居然在自己被无情挡在外面的屋里受到款待!他甚至气得想诅咒哈琼娜,谁到了这种地步都会这样做的。可他还是控制住了自己,因为爱情战胜了愤怒,虽然表面看来姑娘似乎不爱他了。

"不!不!……这不可能!……她……和这个人!……这怎么会?……怎么会呀!……"他叫嚷着。

尽管对哈琼娜一再威胁,可经过考虑,船长还是决定保持沉默。这个威胁了银行家一辈子的秘密,他决定只字不提,这样他反而能进退自如,随时都可以打这张牌。

这是他和斯科培洛达成的共识。他毫无保留地把在银行里发生的一切都告诉了大副。大副建议他守住这个秘密,等待事态的变化,时机成熟了再说也不迟。但让他们感到不安的是,女继承人不愿放弃财产买回秘密!至于这一点,他们是怎么想也想不明白。

接下来的日子，一直到12月12日，斯塔科都没有离开过他的船。他千方百计要达到自己的目的，他还指望运气会转好，他不光彩的一生总在碰运气……这次，他的算盘却打错了。

亨利·达巴莱现在被晾在了一旁，他想见哈琼娜的决心一点儿都没有动摇。

12月12日这天晚上，一封信送到了他的旅馆。他觉得这封信是哈琼娜写的。等他拆开信封一看签名，果然是她。

信上只有几行字，是哈琼娜亲笔写的，信的内容如下：

达巴莱：

　　虽然父亲的死还给了我自由，但是你得放弃我！因为银行家艾利真多的女儿配不上你！我永远不会嫁给尼古拉·斯塔科！他是个可怜虫！但我也不能属于你，你是一个如此正直的人！原谅我，永别了！

哈琼娜·艾利真多

看了信以后，达巴莱还来不及多想，立刻就跑到老银行家的大房子前，可是此时的大门已经紧闭，里面空荡荡的没有人了，好像哈琼娜已带着忠实的埃克查理斯离开此地，永远不再回来了。

浪里炮火

位于爱琴海中的西奥岛，它西临斯迈纳湾，靠近中亚细亚海地带。凯奥斯岛的周长不到40英里，岛上蜿蜒着贝利南山，海拔高达2,500英尺。岛上的主要城市有沃里索、皮提斯、德尔费尼翁、勒科尼亚、高加查和它的首府西奥，而西奥是这个岛上的最大的城市。

在1827年10月30日，法布维埃上校派遣的一支远征军小分队在此登陆，这支小分队由500名正规军、200骑兵还有1,500名西奥人组成的非正规军和10门榴弹炮、10门加农炮。

在纳瓦里诺战役后，欧洲列强的介入并没有彻底解决希腊的问题。英、法、俄只有限地给予希腊新政府援助，但这根本无法满足希腊政府的需求。所以，当缪乌利斯把克里特岛作为目标，杜卡斯以陆地为目标时，法布维埃则在西奥岛登陆了。

希腊人想从土耳其人的手中夺回这个岛屿，它曾被誉为"斯波纳德"项链上最美丽的一颗珍珠。它的天空是亚细亚最明媚的，那里气候宜人，既没有酷暑也没有严寒。岛的西部还出产美酒和上等的蜂蜜。东部是遍地的香橙和柠檬，其果实在西欧享有盛誉。岛的南部漫上遍野是乳香黄边木，它产的一种乳胶——马迪脂，在各种工艺、医学都有广泛的用途。这是当地的巨大财富。所以政府把它纳入了新王朝的范围。因此，勇敢的法布维埃不管别人如何给他泼冷水，他还是果断地接受了征服它的使命，并来为它抛洒热血。

可是，在这一年的最后几个月里，土耳其人并没有停止过在希腊半岛上的烧杀掳掠。就在他们登陆的前天夜里，土耳其人在纳夫普利翁、伊斯特里亚岬角上大肆骚扰了一番。具有外交手腕的法布维埃的到来可能会结束希腊的内讧，把政权统一起来。尽管俄国人6个月后对苏丹宣战，并前来支援希腊新王朝，但伊布拉欣仍占领着中部和伯罗奔尼萨的大部分地区。

8个月后，即1828年7月6日，占领者准备撤出这个被他们蹂躏践踏，制造了无数苦难的国土。到了9月，不会再有一个埃及人在希腊的领土上了。但就在这么短的时间里，这些野蛮的军队也不会放过任何一次作恶的机会。

既然土耳其人和他们的同盟者还盘踞在伯罗奔尼萨到克里特岛沿岸的某些城市，那这一带的海面上聚集了大批的海盗也就不足为奇了。如果说他们给群岛间的商船运输造成了极大的危害的话，那倒不是因为希腊的战舰统帅们停止了追剿，而是因为他们人数众多，让巡航舰队顾不过来。所以通过这一带是完全谈不上安全的。整个群岛都狼烟四起，烽火连天。就连西奥岛的周边也时常遭到这帮由各国、各种族的败类组成的海盗的袭击，他们还去支援被法布维埃上校包围而龟缩城中的帕夏。而当时的法布维埃上校正准备对其发起围攻。

大家还记得伊奥尼亚群岛的大商人们吗？他们因为担心这种情况会在东海岸蔓延，便联合出资武装了一艘舰艇，专门用来追捕这帮海盗。5个星期以来，"西方塔号"离开了科孚，在群岛间的海面巡查。它摆脱了几次危险情况，截获了许多可疑的船只。可是，他们一直没有遇上那个行踪诡秘的萨克拉迪夫。

大约15天前，11月13日，"西方塔号"出现在了西奥岛屿一带。就在这一天，法布维埃上校带人对海盗进行了一次快速的袭击。

可自从这以后，就再也没有了"西方塔号"的消息了，没有人能说得上来它到底是在群岛间的哪一片海域追击的那帮海盗。人们对此有些担心，因为已经好几天都没有它的消息了，更别说是踪影了。

就在这种情形下，11月27日，亨利·达巴莱在离开科孚的8天后，最终抵达到西奥岛。他是来和他的老上级会合的，并继续同那些土耳其人作战。

而哈琼娜的失踪给了他致命的一击。哈琼娜虽然认为尼古拉·斯塔科是个可怜虫，配不上她，但也拒绝了曾经接受过的达巴莱，说自己配不上达巴莱！这里面有个什么样的谜呢？应该从哪里入手解开它呢？难道她那平静、纯洁的生活还有另一面吗？

这是否和她父亲有关呢？可是，在银行家和尼古拉·斯塔科船长之间有什么关系呢？

谁能回答这些问题呢？现在银行已经关闭了，埃克查理斯一定是和哈琼娜一起离开的。达巴莱现状只能依靠自己去解开艾利真多家的谜。

他曾想寻遍科孚的每一个地方，也许哈琼娜在某个不为人知的地方躲起来了呢？但要知道，整个岛屿上有无数个小村子，一个人很容易在那里找一个避难所的。达巴莱走遍了大街小巷，可根本就没有哈琼娜的踪迹。

一个消息使他确信哈琼娜已经离开科孚了。有人说，在一个叫阿里巴的小港，几天前开出去的一艘轻便的小艇上带走了两位乘客，他们是秘密租用这条船的。但这只是一个不确切的说法。可没多久，另一件事便加深了青年军官的忧虑。

当他回到科孚的时候，听说那艘三桅帆船也起航了，最重要的就是，它出发的日子正好是哈琼娜失踪的日子。是否要把这两件事联系起来呢？哈琼娜和埃克查理斯也许会同时落入圈套，被人劫持了呢？她现在是否在"卡里斯塔号"船长的手中呢？

这些想法简直撕碎了亨利的心。可这又有什么用呢？去哪儿能找到尼古拉·斯塔科呢？那个冒险家骨子里到底是什么样的人呢？

当青年军官恢复了理智后，又打消了这个怀疑。既然哈琼娜说她配不上自己，而且她还不愿再见到自己，所以她会在埃克查理斯的保护下远走高飞的。既然事已至此,达巴莱就无法找到她。

于是,达巴莱确定哈琼娜已经不在科孚了,然后也决定自己再次加入志愿军团。法布维埃上校正带领正规军在西奥岛,达巴莱决定去找他。

达巴莱离开了伊奥尼亚岛,穿过希腊北部,经过帕特拉和勒帮特湾,驶过爱琴海,逃脱了海盗的魔爪,历经千辛万苦才到达西奥岛。法布维埃上校热烈欢迎青年军官的归队,他非常赏识这个年轻人,他们之间不仅是忠诚的战友,还是推心置腹的好朋友。

此时的西奥城堡围剿战已经打响了,达巴莱刚好赶上参加攻城。列强同盟两次命令法布维埃上校停止进攻,可上校得到了希腊政府的公开支持,所以他对命令不予理睬。不久,包围就变成了封锁,不过由于封锁的不够严密,被围者总能得到粮草的接济。本来,法布维埃上校是可以攻下城堡的,但由于他的部队士兵因为饥饿而虚弱,所以在岛上乱窜,抢掠食物。

就在这时,一支由5条船组成的奥斯曼舰队开到西奥岛港口,送来了2,500名增援力量。没过多久,缪乌利斯就带领他的舰队赶来支援法布维埃上校了,但已经晚了,上校被迫撤离了。

希腊海军上将带来几艘舰艇,运载了一部分志愿者以补充法布维埃上校的力量。其中有一位妇女加入了这个行列,那就是安德罗妮可。

在参加了伯罗奔尼萨一场跟伊布拉欣的恶战后,她便赶到了西奥。她来时已下了决心,如果需要,她将献身给这个新王朝。她也许想以此赎罪,替她那个1882年在此犯下滔天罪行的不孝儿子作点补偿吧!

那时,苏丹对西奥岛下了一道可怕的命令:烧、杀、掳掠奴隶。当时的帕夏不折不扣地执行这道野蛮的命令,他的嗜血成性的士兵在岛上到处作恶,12岁以上的男人、14岁以上的女人都格杀勿论,毫不留情。剩下的则沦为奴隶,运到斯迈纳和非洲海岸的市场上出卖。整个岛屿在30,000土耳其人的手中陷入血与火的海洋,岛上32,000人被杀,47,000人将作为奴隶被卖掉。

尼古拉·斯塔科就是在这个时候插手的。他和同伙参加了屠杀和抢劫之后,当起了这笔买卖的掮客,把一批批同胞卖给贪婪的奥斯曼人。这个败类用船将成千上万不幸的人运到小亚细亚和非洲海岸。尼古拉·斯塔科正是因为这样的肮脏交易而与银行老板艾利真多搭上关系的,这些生意的巨大利润就这样落入了哈琼娜父亲的腰包。

安德罗妮可非常清楚尼古拉·斯塔科在西奥大屠杀和那些可怕事件中所扮演的角色,她也是为了这个原因而来的。如果这里的人知道她就是尼古拉·斯塔科的母亲,那她准会被人骂死,她觉得只有在此为西奥人的事业战斗,洒尽鲜血,才能够补偿一点儿她儿子所犯下的罪恶。

当安德罗妮可来到岛上时,注定会与亨利·达巴莱碰面的。

果然，在她上岸后的1月15日，安德罗妮看到了在柴达里战场上救了她的青年军官。她走上前去，张开双臂叫道："亨利·达巴莱！"

"是你！……安德罗妮可！……是你！"青年军官说，"没想到能在这儿碰见你！……"

"是呀！"她说，"哪里还有压迫者，我就在哪里，对吗？"

"安德罗妮可，你的祖国为你感到骄傲！"达巴莱说，"要不了多久，希腊国土上就再也没有一个土耳其士兵了！"

"愿上帝保佑我能活到那一天吧！"

达巴莱让安德罗妮可谈谈自柴达里战役之后的情况。她讲了她的马涅之行，她想回老家看看，然后就参加了伯罗奔尼萨军队中，最后来到了西奥岛。

达巴莱则讲了他是怎样回到科孚的，以及他和银行老板艾利真多之间的关系，还有他那已经订下又取消的婚约和哈琼娜的失踪。最后达巴莱说他有信心把她找回来。

"是呀，达巴莱，"安德罗妮可对他说："就算你还不知道这位姑娘到底有什么瞒着你的，但我肯定她配得上你！你们还会再见面的，而且你们以后一定会很幸福的！"

"对了，安德罗妮可，你认识银行家艾利真多吗？"达巴莱问。

"我怎么会认识他呢？你干吗问我这个问题呢？"

· 101 ·

"因为我有好几次在他面前提到你的名字,他好像特别注意。有一天他还问我是否知道你后来的情况。"达巴莱说。

"可我连他的名字都没听说过!"

"这里面有个谜我一直想不明白,现在也不会有人知道了,因为艾利真多已经死了!"

达巴莱不再说话了,因为科孚的事又浮现在脑海里。他又感受到了痛苦的一切,和找不到哈琼娜的烦恼。

之后他对安德罗妮可说:"等这场战争结束了,您打算做什么呢?"

"愿上帝把我带走吧,我真后悔活在这个世界上!"

"后悔?安德罗妮可?"

"是的。"

这位母亲是想说,活着对她来说是一种苦难,因为她生养了那样的儿子!

但是她又赶走了这种想法,紧接着她说:"达巴莱,你还年轻,上帝会保佑你长寿的!好好利用你的日子,找回你失去的……那个爱你的人!"

"是的,安德罗妮可,我会寻遍全世界,就像我要寻找我的情敌一样。就是他插进了我们中间的!"

"那个人是谁?"安德罗妮可问。

"一个船长,指挥着一条可疑的船。他在哈琼娜失踪的第二天就起航走了!"

"他叫什么名字？"

"尼古拉·斯塔科！"

"是他！……"

安德罗妮可脱口而出的一个字已经泄漏了她的秘密，这就等于她承认了自己就是尼古拉·斯塔科的母亲！达巴莱无意间说出的一个名字竟使她像遭到了雷击一样，尽管她是个坚强的人，可当她听到儿子的名字还是让她脸色苍白。这位冒着生命危险救了她的青年军官所遭受的痛苦竟是尼古拉·斯塔科造成的！

达巴莱注意到了尼古拉·斯塔科的名字在安德罗妮可身上的反应，于是问道："你怎么了？为什么你听到'卡里斯塔号'船长的名字让你这么激动啊？你认识这个人是吗？"

"不……达巴莱，我不认识！"安德罗妮可不禁有些吞吞吐吐地回答道。

"不……你一定认识他！……安德罗妮可，我请求你告诉我关于这个人的消息……他是做什么的……他现在在哪里……我怎么才能找到他！"

"我不知道！"

"不！……你是知道的！……你知道他，安德罗妮可，可你却不告诉我！……请你告诉我！也许，我能找到哈琼娜……"

"亨利·达巴莱，"安德罗妮可用一种坚定的、不容反驳的语气说，"我什么都不知道！……我更不知道这个船长在哪！……我不认识尼古拉·斯塔科！"

说完，安德罗妮可就走了，留下青年军官一个人。之后的日子里，达巴莱就再也没有找到她，也许她离开西奥岛回到希腊大陆去了。

而此时的法布维埃上校的部队因为无所建树而不得不终止围城作战。远征军中开小差的情况日趋严重，士兵们甚至不听军官的劝阻，纷纷乘船离开了西奥岛。就连法布维埃最信任的炮兵，也丢下大炮逃走了。面对这种局面，谁也无能为力。所以法布维埃的部队只能撤回，而法布维埃上校并没有因为英勇抵抗的行为受到的奖励，反而是一番狠狠的责骂声。

达巴莱是和法布维埃上校一起离开西奥岛的。可他在群岛的什么地方落脚呢？正在他踌躇的时候，一件意想不到的事发生了。

就在他准备起程到希腊大陆的前一夜，岛上的邮局送来一封信。信上盖的是科林斯的邮戳，信封上写着：交亨利·达巴莱，内容很简单：

来自科孚的"西方塔号"巡逻舰，尚缺一位参谋，不知亨利·达巴莱上尉能否接受此职位，前来共商追剿萨克拉迪夫和群岛间海匪的行动。

"西方塔号"自3月初便一直停泊在岛北的阿那波美拉岬角，其小艇常在岬角下附近海域巡视。

盼望亨利·达巴莱上尉怀着满腔的爱国热情前来就职！

终于有了"西方塔号"的消息，这对达巴莱来说又重操水手的旧业了，而且还能对萨克拉迪夫的追剿，把他从群岛间彻底消灭，同时还可以在这一带海域寻找尼古拉·斯塔科的船。

达巴莱立刻决定不走了，并接受了匿名信的建议。此时法布维埃上校也要出发到希腊去，于是他就向法布维埃上校辞了行，租一条小船向岛北驶去了。

3月1日下午，亨利·达巴莱便上岸了。此时一条小艇已停泊在岩石下等他，海上有一艘巡逻炮舰。

"我是亨利·达巴莱上尉。"他对一个海军军官说。

"亨利·达巴莱上尉想马上上船吗？"海军军官问。

"是的，现在。"

小艇靠过来，很快就到了舰艇上。

达巴莱刚从"西方塔号"的左舷梯登上，就听到了长长的哨音，接着是一声炮响，又是两下。他的脚一踏上甲板，全体水兵就像仪仗队检阅似的，列队两行，排得整整齐齐，持枪致意，科孚的旗帜也在桅杆上升了起来。

大副向前走了一步，用全员都能听见的声音大声说："'西方塔号'全体官兵很荣幸地迎接亨利·达巴莱船长登船！"

群岛的战争

"西方塔号"是一艘二级巡逻舰,它的装备十分先进,配备有0.6米口径的加农炮22门,并在甲板上装有6门0.3米口径的短炮,这样的配置在这种级别的舰艇上是很少见的。它的杀伤力惊人,一般的小船根本不能承受它打出的任何一发炮弹。它的船首呈狭长状,尾部精致地向上翘起,堪称当时群岛间最好的船。它拥有世界上最先进的船身,航行速度也是世界上所有船舰中最快的。

"西方塔号"并不像一艘三桅战舰那样摇晃,它即使在波涛汹涌的大海里也能保持极快的速度。正是因为这个原因,所以才使它在惊险的巡航中获得成功,这也正是船主们为了联合起来抵御群岛间的海盗所赋予的任务。

虽说"西方塔号"不是战舰,但它完全采取了军事化管理和指挥。船上的军官和水手都在法国最好的舰艇上经受过考验。有着军舰的正规训练、船上纪律、航行期间和停泊期间的管理方式。

"西方塔号"有250名的船员，大部分是法国人、波南代人、普罗旺斯人，其他还有英国人、希腊人和科孚人。这些人都精通水性，身强体壮。至于参谋人员，有4名上尉、8名少尉，也基本是科孚人、英国人和法国人，再加上一位大副——托德洛斯上尉。

托德洛斯上尉是个资深的老水手，富有在群岛间航行的经历，对这一带海域非常熟悉，曾驾船去过最偏远的地区，所有大大小小的港湾和岛屿他都心中有数。没有一个小岛在以前的历次战役中他不曾加以注意的，也没有一处水深的数值不铭记在他的脑子里，就跟地图上记载的一样准确。

这位大副大约有50多岁，是个希腊人，曾在加纳里斯和多马哲斯手下当过兵，是巡逻舰船长的得力助手。

炮舰的首任船长是斯特拉德纳。"西方塔号"在首期航行中是相当成功的，它击毁了不少海盗的船只，并收缴了很多战利品。可自从2月27日在雷诺斯海面和海盗船打了一次遭遇战后，人们便很长一段时间都没有听到"西方塔号"的消息了。因为在这场战斗中，它的损失很大，不仅牺牲了40多名水手，而且还失去了斯特拉德纳船长——他被一发炮弹击中了，死在了指挥座上。

于是，大副托德洛斯临时担任起了船长的职务。在获得胜利之后，他下令将船返回爱琴港，以便对船身、帆具进行修理。

就在"西方塔号"回来后的几天，大家惊讶地听说这艘船被一个叫拉古斯的银行老板用重金收购了,并派代理人前来办妥了一切必备的手续。一切都进行得颇为顺利并无争执,理所当然这艘炮舰已经不再属于它的旧主了,科孚的老船主们收到了一大笔钱款。

虽然换了主人,可它的使命照旧:追剿群岛间的海盗,并在可能的情况下将沿途拯救的俘虏护送回家,最重要的是把这片海洋从海盗萨克拉迪夫的魔掌下解救出来。等船一修好,大副就得到了沿西奥岛北部海岸航行的命令,新船长将在那里登船,他将是这艘船上"仅次于上帝的人"。

正在这时候,亨利·达巴莱接到了那封信,邀请他到"西方塔号"的参谋部去就职。可亨利·达巴莱万万没有想到,他的职位竟是船长,而且还是立功无数、大名鼎鼎的"西方塔号"的船长。这就是为什么当他一走上船时,船上立即升起了科孚旗帜,大副、军官们以及全体船上人,一齐恭候听命。

以上情况是亨利·达巴莱通过与托德洛斯上尉的谈话中了解到的。授权他指挥舰艇的委托书已经办好了,他现在在舰艇上的地位和权威是毋庸置疑的了。而且"西方塔号"的船员都知道亨利·达巴莱的大名,他曾经做过海军中尉,是法国海军中最年轻、最杰出的军官之一。他因为在希腊战争中立有赫赫战功而扬名军界。所以当他登上"西方塔号"后,船上的勇士们都高呼雀跃。

"军官们和水手们,"亨利·达巴莱简短地说,"我明白

'西方塔号'接受的任务是什么，愿上帝保佑我们完成它！荣誉是属于你们的前任船长斯特拉德纳的，他光荣地在指挥岗位上殉职了！我相信你们，也请你们也要相信我！解散！"

第二天，3月2日，"西方塔号"离开了西奥岛，向北驶去。任何一个水手，只要看上一眼，再航行半天，就立刻了解这艘船的价值了。风从西北方向吹来，但一点儿不需要减少帆片。亨利·达巴莱几乎是立刻就喜爱上了这艘舰艇。

"它这个第三层帆简直可以跟联合舰队中的船只相媲美了，"托德洛斯上尉对他说，"即使在只要两个缩帆的微风中都可以张起来用。"

上尉这样说的意思有两层：一是它的速度是无可比拟的；二是它有结实的帆具和稳定的性能，可以使它在其他船只减帆以免倾覆的时候仍然能扯帆前进。

此时的"西方塔号"顶风前进，右舷的所有帆篷都斜向了北方，把一群群岛屿抛在了后面。

第二天，船经过一个叫梅特兰的岛屿。1821年的独立战争初期，希腊人曾在此重创奥斯曼舰队。

"这一仗我参加过，"托德洛斯上尉对达巴莱船长说，"那是5月的时候，我们大约70艘双桅船追赶5艘土耳其战舰、4艘炮舰、4艘巡逻舰。他们向梅特兰岛逃，有一艘想开到君士坦丁堡去救援，结果被我们把那艘船给炸沉了，船上950名水手与船同归于尽了！"

上尉接着说:"就是我亲手点燃的炸药包,那种硫黄沥青炸药包还挺好用的,船长。如果有机会的话,我一定推荐你试试,给海盗们用上!"

托德洛斯上尉兴致勃勃地讲述一艘军舰前炮座水手们的功勋伟绩,这都是他自己亲身经历过的。

亨利·达巴莱统率了巡逻舰之后,立刻起锚北上,他心中自有打算。离开西奥岛不久,在雷诺斯附近几个岛屿发现了形迹可疑的船只,有几艘地中海东部港口的船只,几乎就在土耳其欧洲部分的沿岸遭到抢掠和击毁。或许是这些海盗害怕"西方塔号"的追捕而跑到那一带藏匿了。

在梅特兰海区并没有什么发现,只有几艘商船跟巡航炮舰联系了一下,巡逻舰的出现也没有让他们安心多少。

这半个月来,"西方塔号"虽然经历了十分恶劣的天气,但他们仍然非常认真地执行着任务。他们碰上了几次大飓风,连大头帆都用上了。达巴莱现在已经熟悉这艘船的性能了,也了解了船上人员的精明强干,同时他也让大家看到了这位法国海军军官果然名不虚传。

在各种复杂的情况下,年轻的船长都能把一切处理得非常好。他生性果敢胆大,富有毅力,遇事沉着,毫不动摇,并且常常能预见到如何掌握事变。总之,他是个真正的海员。

3月的第二个星期,巡逻舰来到雷诺斯,这个岛是爱琴海诸岛中最重要的一个,长15千米,宽6千米,这里没有经受战火的洗礼，但常有海盗光顾，海盗们经常到港口的入口处抢劫商船。

巡航舰为了购买食物给养，在这个港口停泊。该岛专门制造船，可因为害怕海盗，大多不敢开走，因此船坞里积压了许多造好的或尚未完工的船只，所以港口就显得特别拥挤。

了解了这个情况后，亨利·达巴莱船长继续驶向群岛的北部。一路上，他的军官们不断跟他提到萨克拉迪夫这个名字。

"啊！我真想当面会一会这家伙，看他有多大的能耐！至少要让我们相信确有其人！"托德洛斯上尉说。

"你不相信有这个人吗？"达巴莱立即问道。

"是的，船长。我不太相信有萨克拉迪夫这个人，我还不曾听说过有谁见到过他呢！或者那是强盗头留下的一个代号呢！我估计那些杀了人以后把这个名字涂在桅杆上的不止一个海盗！其实，这也没有什么！这些鬼东西都该绞死，他们一定会被绞死的！"

"这倒是有可能，托德洛斯上尉，"达巴莱答道，"这也说明了他为什么会到处出现了！"

"你说得对，船长。"一个法国军官插上去说，"要是像人家说的那样，同一天在几个不同的地点都能看到萨克拉迪夫，这就是因为同时有好几个海匪头头在用这个名字啊！"

"他们用这个名字的目的就是想迷惑追捕他们的人。"托德洛斯说，"不过，我要再说一句，有一个靠得住的办法能消除掉这个名字。那就是把所有用这个名字，或不用这个名字的海盗，都抓起来吊死……这样一来，就算真有萨克拉迪夫这个人，他也逃不脱应得的惩罚！"

"托德洛斯上尉说得对，可是问题是怎么抓到他们呢？"

"托德洛斯上尉，"达巴莱问道，"在'西方塔号'首次战役中，还有你以前打过的那些仗中，有没有见过一艘100多吨的，叫'卡里斯塔号'的三桅船呢？"

"从来没有。"上尉答道。

"那你们呢？"船长又朝着他的军官们补问了一句。

没有一个人听说过这艘三桅船的，而这其中大部分人都是从独立战争开始以来，就在群岛海域之间奔走的。

"'卡里斯塔号'的船长叫尼古拉·斯塔科，你们没听说过吗？"达巴莱再次问道。

巡逻舰的军官们完全不知道这个名字，这并不奇怪，因为普通小商船的老板在这东海岸一带是不计其数的。不过，托德洛斯上尉模模糊糊地记得在梅赛尼亚湾的阿卡萨港，听人说起过这个名字。这艘船大约是条走私船，它经常帮奥斯曼当局运送奴隶到非洲海岸。

"但这并不像你刚才所说的斯塔科，"托德洛斯上尉又说，"这个人据你说，过去只是一艘三桅船的老板，一艘三桅船不可能做这个买卖呀？"

"那倒是。"达巴莱说，但他并没有把话题继续说下去。

要说他怎么想到了斯塔科，是因为他想到哈琼娜和安德罗妮可两个人都失踪了,这是个无法猜透的谜。这两个名字在他心中已经分不开了,想到一个,就要联想起另一个。

3月25日左右,"西方塔号"抵达西奥岛以北60海里的萨莫色雷斯岛附近。这段并不算长的路程让他们花了很长的时间,可以想象这一海域所有的大小避风港湾都给仔细地搜查遍了。就连遇到没有深水的浅滩,也都派小艇去巡逻搜查了,但仍然是一无所获。

萨莫色雷斯在战争中饱经磨难,现在仍为土耳其人所管辖。虽然这里没有真正的港口,但这里无数的小海湾却成了海贼可靠的藏匿之处。高耸立的梭斯山是天然的瞭望塔,足有1800米。在这山峰高处,放哨的很容易望见任何来势可疑的船只,并发出信号。海盗们借此就可以在港口被封锁之前就逃跑了。也许就是因为这个原因,所以"西方塔号"一路上才什么也没有遇到。

达巴莱命令船转向西北方,朝距萨莫色雷斯岛20多海里的喀索斯岛驶去。

群岛中的这些小岛运气真好。当西奥岛和萨莫色雷斯岛受尽了土耳其人的破坏时,这些小岛却没有受到战争的影响。而岛上的居民全都是希腊人,他们淳朴善良,古风尚存,从当地人的衣饰上明显地保留了古代的艺术情趣。这里从15世纪初就属于奥斯曼当局管辖,所以没有受到多大的侵害。不过,如果"西方塔号"不来,喀索斯恐怕遭受被抢掠的恐怖了。

4月2日这一天,萨莫色雷斯岛北部的皮戈斯港遭受了海盗船的袭击。有五六艘单帆式的小型船，有一条配了12门炮的双桅船。当一个不善打仗的民族遇上这些海盗，那只能是一场灾难了。

当巡逻舰一出现在海湾，双桅船上立刻发出信号，海盗船排出阵势，显然是向巡逻舰挑衅。

"他们想打了？"托德洛斯上尉叫道。

"进攻……还是自卫呢？"达巴莱反问了一句，他对海盗的这种态度感到有些惊讶。

"见鬼，我以为他们肯定会扯起满帆逃跑呢！"

"来吧，让他们打好了！托德洛斯上尉！就是要他们进攻才好呢！要是他们逃跑了，其中有些就会从我们手里溜掉！现在准备作战！"

大家立刻执行船长的命令。炮位上，每门炮都装上了火药，安上引信，炮弹都放在副炮手身边。甲板上，短炮也做好发射准备，火枪、手枪、短刀、斧头都分给了大家。甲板部水手都在准备作战，不管是当场交锋，还是去追歼逃寇。他们的动作既准确又迅速，仿佛"西方塔号"真是一艘战舰。

于是，巡逻舰渐渐逼近准备攻击严阵以待的敌方船队。船长计划先攻击双桅船，来个众炮齐发，等它失去战斗力后，再靠上去，进行肉搏战。但不排除另一种可能，即敌方摆出要打的阵势迷惑对手，实则掩护逃路。如果说他们没有早点准备，那是因为巡逻舰封锁了港湾，一下子就把他们堵住了。他们现在只有集中全力冲杀出去。

双桅船开火了，它想先打断"西方塔号"的主桅杆，如果成功了，他们就能逃脱了。

只见炮弹从"西方塔号"甲板上方2.5米的地方飞了过去，打断了几根吊索，穿破几处缭绳和横桁杆子，把主桅和横桅之间的圆木打飞了，而且还伤了几个水手。不过船受损并不严重，主要部位还完好。

达巴莱并不急于马上还击，他下令舰艇向双桅船靠近，等第一阵炮火的硝烟散去后，他命令右舷大炮一齐轰发出去。

这双桅船也真是幸运，恰巧一阵海风将船身移动了位置，只让船壳吃水线以上中了两三发炮弹。虽然死了几个人，但船并没有失去战斗力。

"西方塔号"这一排炮虽未击中目标，倒也没有虚发。随着双桅船的移动，另一艘西班牙式轻帆船暴露出来了。这艘轻帆船左舷壁挨了大部分炮弹，开始往里灌水了。

"没打到双桅船，它的老伙计替它挨了！"达巴莱的水手们大叫起来。

"我敢拿我的那瓶好酒打赌，要不了5分钟它就会沉没的！"

"用不了3分钟！"

"看，水进得多顺当，就像你的酒进我的喉咙一样！"

"它快沉啦！沉啦！"

"嘿，那些家伙往水里栽得挺快，想溜啊！"

"水一下子就漫到它的腰……马上就要没过船顶啦！"

"看那些该死的家伙们，一个个地头朝下跳到海里想逃命啊？"

"要是他们在脖子上套根绞索，就不会当水鬼了，对吧！"

果然，西班牙式轻帆船渐渐地沉了下去。当水漫到它的扶手栏杆时，船上的人纷纷跳进海中，准备爬上其他船。可是别的船上的人也有他们的打算，哪里还想搭救西班牙式轻帆船的这些幸存者啊！生怕自己逃不掉，所以连根绳子都没扔下水，恐怕这些倒霉鬼只有淹死了。

"西方塔号"第二次开炮，这回打中一只单帆船，这就不必再开炮解决它了。只一会儿，它就在浓浓的烟雾中消失了。另两艘小船看到这个局面，明白了要想抵抗只有死路一条。显然，想逃也逃不脱这艘行动迅疾的大船。

双桅船如果想救出自己船上的人员，只有一个办法可行。只见它对其他船发了撤退的信号，海盗们立刻扔下那两艘中弹的小船，逃到大船上来了。

双桅船一下子增加了100多人，要是逃不了，他们还可以在甲板上短兵相接地打上一场。

不过，就算两船人数相当，它也最好是逃走。所以它毫不迟疑地利用速度快的优势，向土耳其海岸逃窜。因为一旦到了那一带，它的船长会巧妙地把船只潜伏在沿岸礁石之间。即使巡逻舰想找，也找不到，想追，也追不上。

起风了，双桅船立即满风帆，一点儿也顾不上桅杆有折断的危险，把所有的帆扯上，离"西方塔号"越来越远了。

"好哇！"托德洛斯上尉叫道，"我倒要看看它的腿是不是比我们的巡逻舰还长呢！"

于是，上尉转过身等待船长的命令。但是，这时候，达巴莱的注意力却被另一方面吸引住了。他不再凝望那艘双桅船了，而把望远镜转向了喀索斯港口，那里正有一艘轻快船只，飞快地开走。

这是一艘三桅帆船。在一阵西北风的推送下，鼓起帆驶进了港口南边的航道，因为船吃水浅，所以进入航道很方便。

达巴莱仔细观察了一阵后，把望远镜一扔，叫道："是'卡里斯塔号'！"

"什么！这就是你跟我们讲到的那艘三桅船？"托德洛斯上尉应了声。

"不错，正是它！不要……"达巴莱说到这儿便打住了，他本来是想说"不要放走它。"

下面的话达巴莱并没有说出来，在那艘载满海盗的双桅船和"卡里斯塔号"之间，他肩负的责任让他不能犹豫。如果他放弃追赶双桅船，那肯定能追上"卡里斯塔号"，并能切断三桅船的航道，堵住它，但这样做，岂不是为了个人恩怨而贻误战机吗？不，不能这样做！现在要做的就是冲上去，截住双桅船并把它干掉。好，就这样。

于是，达巴莱朝越走越远的"卡里斯塔号"看了一眼，下令全速追击朝相反方向逃走的海盗船。

"西方塔号"立刻扯满风帆，朝双桅船追去。它的舰首炮全上了炮位，当距离海盗船不到半海里的时候，大炮发射了。

海盗船急忙抢风行驶，想用更快的速度把"卡里斯塔号"甩开。可这根本就起不到什么作用。

"西方塔号"的舵手把舵轮稍稍往下一压，马上也贴着风前进了。

就这样持续了一个小时的追击，用不了天黑就可以完全追上双桅船。但是，这两艘船之间的斗争却是用另外的方式结束的。

"西方塔号"的一发炮弹打断了双桅船的前桅柱，双桅船的速度立刻就慢了下来。一刻钟后，"西方塔号"从容地转到了双桅船的侧面。当驶到离它不到10米的距离时，"西方塔号"突然排炮齐发，炮弹像雨点一样落下。只见双桅船被震得跳了起来，但是它水线以上的船体只是打中了，还没有沉下去。双桅船的船长一看船上的人员被最后这一击搞得死伤累累，知道抵抗不了多久了，这才把旗子降了下来。

"西方塔号"放下小艇驶近双桅船，把上面活着的人带到了舰艇上。双桅船一直燃烧到吃水线以上才沉没在波涛之中。"西方塔号"确实干了一件大好事，然而这个海盗船队的首领是什么人，他叫什么，来自哪里，他的前任是谁，都无法知道。

双桅船长拒绝回答任何问题，其他的海盗也一样一声不吭。不过关于他们确实是海盗这一点是没有错的，他们遭到惩罚的是完全应该的。只是那艘三桅船的突然出现和消失让达巴莱陷入了沉思。

　　刚才这艘船离开喀索斯的这种情况实在是非常可疑。它是不是企图利用巡航舰与海盗船队交战的机会安全逃跑呢？它也许是因为已经认出了"西方塔号"，所以怕在它面前出现吗？如果是一艘普通的船，何必害怕"西方塔号"呢？可是相反，这"卡里斯塔号"却甘愿冒着被他们逮住的危险，急忙起航驶入大洋！没有比这更令人生疑的了。

　　人们不禁要问是不是它跟这些海盗有什么勾结啊？确确实实，斯塔科跟他们是一伙的，这并不叫达巴莱感到奇怪。但令他头痛的是，他怎么才能再次找到它的踪迹。

　　夜幕降临了，"西方塔号"现在正向南方驶去，它没有机会碰到三桅船了。这让达巴莱不由得感到很生气，因为他失去了抓住斯塔科的有利时机，但他只好暂时忍耐了。

　　不过让达巴莱无愧于心的是，他尽了自己的责任。这场喀索斯海战的结果是：击毁了5艘海盗船，而"西方塔号"几乎没有伤亡。或许，此后的一段日子里，这一带的海域会稍微平静一些了。

杳无音讯

  在喀索斯之战的8天后,"西方塔号"又仔细搜寻了这一带的奥斯曼海岸、港湾,穿过了贡泰沙湾,然后是经过桑陀山和加尚德拉湾入口处,从德勃拉奴岬角一直驶到巴吕烈岬角。

  等到了4月15日,舰艇已经望不见阿朵斯山那海拔近2000米的最高峰了。在这次航行中,一艘可疑的船只也都没有发现。

  他们经常碰到土耳其的船只,"西方塔号"的船长宁愿挨炮弹也不愿意和他们打招呼。如果碰到希腊的船,那就是另外一回事了。他可以从他们那儿获得很多情报,这对"西方塔号"是很有帮助的。

  4月26日这一天,达巴莱了解到了一件重要的大事。同盟诸国已决定切断从海上给土耳其伊布拉欣帕夏的任何增援了。俄国已向苏丹开战,希腊大围已解,希腊人民要重获自由已不成问题了。

  4月30日,"西方塔号"深入到沙洛尼克湾的最后边缘地带了,这是此次远航群岛西北部的终点。在这一带仍可以追击那些老式的三桅船之类的可疑船只,直到把它们逼到海滩上搁浅。如果说这些船上的人没有死得一个不剩,至少是这些船大部分都被打得七零八落了。

此时的"西方塔号"正朝东南方向航行,以便仔细查看沙洛尼克湾的南部海岸。但就好像是海盗们提前得到了消息,所以沿途"西方塔号"一个海盗也没碰到。

但就在舰艇继续向东南方向行驶的过程中,船上发生了一件无法解释的奇怪事。

5月10日晚上,达巴莱在船舱的会议室桌上看到了一封信。他瞥了一眼,顿时觉得笔迹很熟。紧接着他拿起信来认真看了起来:

假如达巴莱船长要下令横渡群岛的话,并能让船只在9月的第一周经过斯卡庞陀一带的海域,那么又会做一件救民于水火的好事。

这封信的出现让达巴莱感到非常蹊跷,因为这封信的笔迹跟之前在西奥岛收到的那封信的笔迹极为相似。但是这封信来得很奇怪,它不是从邮局来的。这封信也没写时间,也没有署名。

于是达巴莱拿出了他前一次莫名其妙地在希奥收到的那封信一比较,很明显,这两封信是同一个人写的。他想:今天这一封信一定是"西方塔号"的船员放在会议桌上的。一个小时前,达巴莱离开会议桌时还没有这封信,所以这封信被放到会议桌上的时间还没超过一个小时。那么到底是谁把这封信放在这儿的呢?

船长达巴莱摇了一下铃,一个水手出现了。

"我刚才到甲板上去时,有谁来过吗?"船长问。

"没有人来过,船长!"水手回答。

"没有吗?……会不会有人进来你没看见呢?"

"不会的,船长,我一刻也没离开这门口。"

"好吧!"

水手敬个礼后就退出去了。

"一个船上的人能从门口走进来而不被看到,"达巴莱暗想,"这似乎不太可能!会不会是趁天黑,从外面走廊的窗户进来的呢?"

达巴莱走过去检查所有开向舰尾的舷窗,可是这些舷窗的窗扇跟他房舱里的一样,都是朝里关着的。一个人要想爬过这些窗子从外面进来,这不大可能。

虽然这件事并没有引起达巴莱的不快,他只是感到有那么一点儿惊奇。最后他决定不将这件事告诉给任何人,包括亲密的战友大副托德洛斯。

"当然,"他想,"这个写信人第一封信里所说的没有骗我。而现在是第二次,他要我在9月的第一个星期到斯卡庞陀海域,这没什么好骗的,也许跟我们的任务有关吧!好!让我把航行计划稍微修改一下,到了规定日期,我就准时出现好了。"

之后，达巴莱便按照新指令修改了航行计划。此时到8月底还有4个月的准备时间。

斯卡庞陀岛在群岛的东南部，离右边航线还有数百海里的路程。"西方塔号"要前往海盗出没的默里亚海岸的时间还是很充裕的，这一系列的西格拉德岛屿分布在从爱琴湾外面直至克里特岛一带海域。

总之，要在指定的时日内到达斯卡庞陀岛，只需要稍微改变已经制订好的计划，无需太大的改动，只要把原定计划稍加调整就行了。所以，5月20日，"西方塔号"在巡视过纳格尔蓬以北的贝勒烈斯、贝贝里、萨拉基奴和斯康胡拉这些小岛之后，就航行到西洛斯去了解情况了。

西洛斯是这一组群岛中最大的一个岛屿，据说古代曾是缪斯女神的领地。在它那安稳而宽阔的圣·乔治桥上，巡逻舰的水手们可以很方便地选购新鲜食物，羊、竹鸡、小麦、大麦等一应俱全，还有当地的好酒。

该岛与古代特洛亚战争中那些半神半人的传说有较多联系，并且因李戈迈德、阿喀琉斯、俄迪修斯这些名字而被世人所瞩目，不久后就要归入希腊新王国的版图，成为厄拜首府了。

因为西洛斯沿岸港湾很多，所以海盗很容易利用它作为藏身之地。达巴莱对每一处都命令严加搜查，决不放过。可是，尽管如此，仍然是一无所获。

达巴莱从岛上得到的消息是：一个月前，这一带的海域曾经

· 123 ·

有不少商船受到一艘打着海盗旗的船只袭击、抢掠、毁灭，大家都认为是海盗头子萨克拉迪夫干的。但是这种说法的根据是什么，谁也说不上来。

"西方塔号"在此停泊了五六天后就离开了。

5月底的时候，"西方塔号"驶进了埃维厄岛，并对该岛长达20余千米的海岸线进行了仔细观察。

独立战争一开始，这个岛就率先揭竿而起。当时龟缩在城堡里的土耳其人拼死抵挡了一段日子，直到土耳其人不久后得到了优素甫帕夏军队增援，又开始横行全岛，大肆屠杀。

1823年9月，一位希腊首领带兵对奥斯曼军队进行了突然袭击，杀死了大部分土耳其兵，迫使土耳其的残兵重渡海峡，逃回黛沙里。

后来，土耳其人卷土重来，仗着人多势众又占了岛屿。法布维埃上校和勒诺德圣·让当热利队长试图收回此岛，但并没有成功。到了1826年，这里又成了土耳其人的天下。

当"西方塔号"经过这里时，土耳其人还在上面。达巴莱从船上又看到了当年他曾参加过的那场血战的旧战场。这时候，这里已经不打仗了。这个拥有6万居民的埃维厄岛，在新王国建立后，成了希腊的一个邦。

尽管这里几乎处在土耳其的炮口下，在海上巡航也还是十分危险，但"西方塔号"毫不懈怠，它又连续摧毁了大约20艘在西格拉德群岛打家劫舍的海盗船。这一段行程花去了"西方塔号"

总共6个月时间的一大部分。接着,"西方塔号"直下东南。

6月底的时候,"西方塔号"航行到位于埃维厄岛尽头的西格拉德第一大岛安德洛斯岛,这是一个光荣的爱国岛,有过反抗奥斯曼统治的历史。达巴莱船长决定从这儿改变航向,靠近伯罗奔尼萨海岸,朝西南方向航行。

7月2日,"西方塔号"在泽阿岛港口停泊,这是这一带较好的港口之一,他们在此遇到了不少战争初期的老战友、勇敢的泽阿老乡,"西方塔号"在港口受到了热烈的欢迎。但是却没有一个海盗想藏在这个港湾里。于是"西方塔号"又起航了。到了7月5日,它已经绕过了阿铁克东南嘴子上的科隆岬角。

一个星期以后,"西方塔号"来到了爱琴湾口。因为没有风,航速很低,所以必须保持高度警惕。因为海洋上一丝风也没有,"西方塔号"几乎总是停滞不动,无法靠近任何海岸。

要是在这片海盗出没的水域突然有几百条小艇划桨靠上来,"西方塔号"恐怕难以招架。所以达巴莱命令全船人员警戒,准备迎接任何攻袭。

果不其然,这时出现了很多小船,企图也很明显,只是惧怕巡逻舰上的大炮,所以一直不敢靠近。

7月10日这天,海上刮起了北风,这对"西方塔号"是个绝好的机会。它驶过达马纳小城后,迅速地绕过了纳夫普利翁湾末端的斯基里岬角。

7月11日,舰艇驶过希德拉岛。两天后,经过斯派齐亚。这两个岛的居民都为独立战争立过功。当"西方塔号"访问这两个岛时,这里的一切战斗已经平息了,它们即将划归新王国,成为科林斯省和阿戈利斯省的两个首府。

7月20日,"西方塔号"抵达西拉岛停泊,这是荷马诗中歌颂过的忠实的厄迈的故乡,现在这里是被土耳其人从大陆上驱逐出来的人们的避难所。

西拉岛的天主教大主教一直受法国保护,因此年轻的船长在此受到热烈的款待。达巴莱对此满心喜悦,但在这无限欣喜之中,他也有一件遗憾的事。

当他和此地的法国领事谈话时,听说3天前有一艘挂希腊旗叫"卡里斯塔号"的三桅船刚离去,他心里不禁后悔为何没有早到3天。由此可见,"卡里斯塔号"在趁"西方塔号"与海盗们交战的时候逃离喀索斯岛之后,就向群岛的南方海域驶去。

"有没有人知道它朝哪里去了?"达巴莱激动地问。

"据说,"领事答道,"如果它不是开到克里特岛的某个港口的话,那么,它大概就驶向东南部的那些岛去了。"

"你从没和它的船长打过交道吗?"

"完全没有,船长。"

"那你知不知道那个船长是否叫尼古拉·斯塔科?"

"我不知道。"

"那这艘三桅船和海上那帮为非作歹的家伙是一伙的,这总不必疑惑了吧?"

"那是肯定的。不过，如果是这样的话，"领事答道，"这艘船驶向克里特岛就毫不奇怪了。那边有些港口对这些海盗完全是敞开大门的！"

这个消息并不出乎达巴莱的预料。"西方塔号"的到达刚好在那艘三桅船离开不久，这实在是太不巧了。既然它是向南驶去，而且"西方塔号"也要去同一个方向，所以迟早是会见面的。

由于达巴莱急于想找到斯塔科，所以在当晚就命令起锚，舰艇乘着微风离开了西拉岛。根据气压表指示，风力可能增加。

在这15天里，达巴莱船长花费了同样的力气去寻觅海盗船和那艘三桅帆船。在他心里，"卡里斯塔号"值得跟海盗一样对待。

然而，不管怎么找，"西方塔号"也没找到三桅船的一点儿踪迹。"西方塔号"搜遍了纳克索的所有港口，以及周围的小岛和礁石之间，但依然没有三桅船的踪迹。想不到海盗在他们经常出没的海域竟然完全消失了。不过西格拉德群岛非常富饶，群岛间的商业非常繁荣，这应该能够吸引海盗前来抢掠吧！

与纳克索遥相对应，由一条宽7海里的人工运河隔开的巴罗斯以及周边的各个港口，斯塔科都没有光临过。这大概就像西拉岛的领事所说的吧，那艘三桅船应该是驶向克里特岛沿岸的某个地方去了。

8月9日，"西方塔号"停泊在米罗港，这个岛因为火山爆发而变得十分贫瘠。直到现在，地底下冒出来的有害蒸汽还在继续毒害着岛上的生灵，因此岛上的人口也变得越来越少了。

一转眼就到了8月14日，还有两周就是按约定到斯卡庞陀的日子了。"西方塔号"此时已离开西格拉德，向南行进了七八十海里。狭长的克里特岛紧锁着远处的海面，人们已经看到岛上山峦的最高峰巅，覆盖着皑皑积雪，高耸出海面之上。

达巴莱船长决定向这个方向行驶。等到达克里特岛时，船只要折向东去，就可以到达斯卡庞陀了。不过，"西方塔号"离开米罗岛后向东南行驶了一段时间，直至桑托林岛，并且把那黝黑色的悬岩峭壁的每一个小湾都搜寻遍了。这一片海域很危险，火山岩浆的喷发都可能造成新的暗礁。

随后，"西方塔号"以古老的伊达山和克里特岛上高达2.1千米的年轻的勃西朗铁山作为岸边的助航标志，凭借一阵强劲的西北偏西方向的海风，鼓起满帆径直向前驶去。

8月15日，群岛中最大一个岛屿的身影出现在淡蓝色的地平线上，海岸回旋处有一个凹陷进去的地方，那就是首府康迪。

"船长，您的意思是要在那个港口停泊吗？"大副问。

"克里特岛一直在土耳其人手里，"达巴莱回答，"我相信我们在这儿没有什么事可做。根据我们在西拉德得到的消息，慕斯达法的兵在占领了勒蒂慕之后，已经成了全岛的主人，尽管有斯法克人在跟他们打。"

"斯法克人，这些山里人可真是强悍啊！"大副说，"他们从一开战，就博得了一个勇敢善战的名声。"

"勇敢倒是勇敢，但也很贪婪啊，托德洛斯！"达巴莱说道。

"他们夺回岛屿不到两个月，慕斯塔法跟他的那些兵就被他们到处袭击，眼看就要给消灭了。可是，在主帅的命令下，那些兵把珍珠、宝石、价格昂贵的枪支统统扔下了。这下好了，斯法克人全去捡东西了，结果土耳其人趁机逃出了隘口，不然他们准得没命。"

"这真太令人伤心了，不过，无论如何，船长，克里特人绝对不是希腊人！"

土生土长的希腊籍大副说这番话是很自然的，在他眼里，克里特人尽管很爱国，但他们以前并不这样，他们也不是希腊人。克里特跟萨摩一样，还要在奥斯曼统治之下，直到1832年，等苏丹把统治全岛的一切权力完全让给穆罕默德·阿里为止。

然而，在目前情况下，"西方塔号"船长不想在任何一个港口停留。康迪现在是埃及的大军火库，伊布拉欣帕夏就是从这里调兵遣将攻打希腊。至于加奈，在奥斯曼当局的煽动下，那边的人肯定不会欢迎挂着科孚旗帜的"西方塔号"。"西方塔号"在接下来的一系列地方都没能得到任何消息。终于，在巡航结束之际，"西方塔号"得到了巨大的收获。

船长对大副说："我觉得监视北部海岸没有用，我们可以绕过岛的西北部，转过斯巴达岬角，在格拉布兹洋面上航行一两天。"

这确实是个好主意，格拉布兹水域名声不好，在那里"西方塔号"也许可以找个机会轰上几阵排炮。已经有一个多月没碰上海盗了。再说，要是三桅船真像人们所以为的开到克里特岛的话，就有可能到格拉布兹泊船，这又给达巴莱制造了一个很好的理由到那一带海域去。

格拉布兹是个海盗大本营。7个月之前就不止有一个英法舰队和毛洛戈达多麾下的希腊正规军分遣队来扫荡过这个海盗巢穴。但是，这里情况特殊，克里特岛当局拒绝交出英国舰队司令索取的12名海盗。因此，舰队司令只得命令向岸上开炮，毁坏不少船只并强行登陆索要犯人。

不难想象，等联军舰队一走，海盗就又纷纷前来，利用土耳其人的保护继续干那罪恶的勾当。所以达巴莱决定沿克里特岛南岸向斯卡庞陀进发，要从格拉布兹前面经过。他发布命令，大副立刻叫人执行。

"西方塔号"尽量贴着风绕过斯巴达岬角时，正是黄昏时分。这天夜里，"西方塔号"绕岛航行，这是一个透明的东方之夜。

到了早晨，"西方塔号"挂着小帆片，已经渐渐走到格拉布兹入口处了。在6天的航程中，达巴莱船长一直注意岛的西部海岸。从格拉布兹航行过来的各式帆船不计其数，"西方塔号"盘问了其中几艘，但从他们的答话中并没有找出什么可疑的地方。但那些船对于格拉布兹可能藏有海盗的问题则讳莫如深，可以感觉到他们是害怕受到牵连。达巴莱连三桅船"卡里斯塔号"这时在不在港口也不知道。

8月27日,"西方塔号"在沿海萨拉大海湾周围驶过之后,绕过了克里特岛最南边的马他拉山嘴。这次远征看不出对于巡航有什么结果。在这个纬度上穿越利比亚海的船只很少,船只通常或者是偏北一点穿过群岛,要不然就偏南,接近埃及海岸。

除了停泊在山岩旁边的几条小渔船之外,达巴莱什么船也没看到。这些狭长形的小渔船一般都是运送这一带岛屿产的一种珍贵的海螺。虽说在这一片可以隐藏大量小船的岛屿间什么也没发现,但不等于说下面的航程也一无所获。

所以,达巴莱按照8月29日晚修订的计划,决定直接去斯卡庞陀,即便是比那封神秘的信所规定的时间要早到达。

在傍晚6时的时候,船长、大副和几个军官聚集在尾楼观测马塔拉山嘴。突然,一个瞭望的水手大叫起来:"右舷前方有船!"

这使所有的目光都投向了右舷前方。

"对,"船长说:"它紧靠陆地航行……"

"它挂了旗帜没有?"

"没有,船长。"一个军官答。

"问问哨兵是不是能认得出这艘船的国籍!"

没一会儿就得到了答复,这艘船没有任何标志,根本认不出来。众人定睛细看,远方的黑点越来越大,渐渐显现出船的轮廓，最后整个船身都非常清晰了。

那是一艘双桅帆船，船身很长，桅具也很大，是一艘双桅大船。这是一艘什么样的船呢？是不是海盗船呢？

此时"西方塔号"跟那艘双桅帆船之间的距离至少有4千米，而且此时正是傍晚十分，夜色逼近，船影渐渐地暗了。

"这艘船很古怪！"托德洛斯上尉说。

"看情形它有从勃拉他纳岛和海岸中间穿过的倾向！"一个军官说。

"双桅大船好像在逃避什么！"

达巴莱没有理睬刚才那几句话，他也正想这件事情。

"这艘双桅大船果然很古怪，我们不要轻易放过它。最近群岛的海盗强强联手，猖狂得狠，先把船上灯火熄灭，追上去！"

托德洛斯大副立刻代达巴莱船长发布命令，猛追双桅大船。船上灯火一熄，大海一片漆黑，只听见乘风破浪的声音。

第二天，天刚蒙蒙亮，达巴莱就站在甲板上等待海面的雾散去。

7点钟的时候，雾散了，所有的望远镜望向东边。那艘双桅大船依然在"西方塔号"的前方，昨晚是什么样的距离，今天还是什么样的距离，可它所有的帆具都没有变，还是那些，没有添加也没有减少。

"真是奇怪，竟敢耍我们！"船首的人说。

早晨7时，那艘船大模大样地折往东北方向。

"难道它要驶向斯卡庞陀吗？"达巴莱有点惊讶。

不管双桅大船如何航行，"西方塔号"总是保持着一段距离，与它形影相随。

"想逃走的船速度不会是这样！"大副说。

"管它是不是想逃走！"船长答道，"设法靠近它看看！托德洛斯上尉，传令猛追这艘双桅船。"

水手长打了个口哨，帆篷立刻扯了上去，"西方塔号"马上加快了速度。

双桅横帆船大概不想让巡逻舰靠得太近，于是它把小帆篷和大三层帆都扯了上去，但又没有拉上更多的帆具。要是说它不愿让"西方塔号"靠近它，但也没有拉得太远，只能说它不愿靠得太近，又不想拉得太远，就这样若即若离地保持距离。

大约上午10时，不知是大船得风的原因还是小船故意让它接近，居然让巡逻舰赶上了4海里。

现在可以好好地对它观察一番了。这艘船装备了20多门短炮，虽然吃水很浅，还是看得出来它还有一个中舱。

"旗帜升起来。"达巴莱说。

旗帜立刻在桅杆上升起，还开了一炮，这意思是巡逻舰要求知道眼前这艘船的国籍。可对方毫无反应，双桅船的方向和速度都没有变，并且船身还升高了1/4度，准备越过盖拉东海湾。

"他们竟然不把我们放在眼里！"水手们大叫起来。

"也许是为了小心。"前桅甲板的一个老水手说，"带着它那个前倾的大桅，它好像歪戴着帽子，故意不和人打招呼！"

于是巡逻舰又打响了第二炮，但仍然没有回应。双桅船继续平稳的航行，对于巡逻舰的命令毫不在意。

现在，两艘船之间是一场速度竞赛。"西方塔号"上所有的帆片都扯上去了，对方也张满帆，保持着它和大船之间的距离。

"嘿，它肚子里有鬼，跑得这么快！"一个老水手叫道。

巡逻舰上的人有些沉不住气了，不光是船员、水手，连军官都着急了，特别是托德洛斯比谁都急。要是能逮住这艘双桅船，管它是哪个国籍的呢，他情愿不要他那份俘虏奖金。

"西方塔号"上的远程大炮能把一颗13.6千克的炮弹打出两海里远。达巴莱船长下令开炮，炮打出去了，只见那颗炮弹在水面掠过，落在了离双桅船大约20米的地方。但那船没有任何动静，只是调整了一下高层的补助帆，"西方塔号"一下又落后了。

"西方塔号"所有的帆片都扯上去了，连着向对方开了几炮，反而被甩开了距离，这对于"西方塔号"还真是奇耻大辱啊！

天快黑了，巡逻舰现在到了贝里斯代拉岬角。海风很大，减少一些帆过夜比较安全。船长达巴莱以为，天亮后肯定看不到那艘船了，恐怕它早就在地平线上消失了。可他却想错了。

当太阳升起的时候，双桅船还在那儿，还是那个速度，还保持着那个距离，简直就像它是根据巡逻舰在定速度行驶似的。

"它把我们当成它的拖船,我们像被它拖着走呢!"前甲板的人都说,"你瞧这多像啊!"

说的一点儿都没错。现在,双桅船已经越过了古夫尼奇岛和陆地之间的同名运河,绕卡加利蒂角航行,准备上溯克里特岛东部。它们大概是想藏入某个海湾或是某个狭窄的运河里去吧?可事情却不是这样的。

早上7点时,双桅船转向了东北的方向,进入了大海。

"它是朝斯卡庞陀去了吗?"达巴莱惊讶地想。

迎着逐渐强劲的海风和帆篷被刮断的危险,巡逻舰继续追下去,这是它的责任,也是荣誉要求它这样做的。

此时已经进入了群岛海域最宽阔的部分。在这种开阔的水域,"西方塔号"似乎占有优势。

到下午1时左右,两船间相距已不到3海里了。"西方塔号"又打出几发炮弹,但都没有命中,双桅船照旧航行,毫无影响。

斯卡庞陀的峰顶出现在地平线上,矗立在喀索斯小岛后面。这小岛悬于大岛顶端,就像西西里岛悬挂在意大利的顶端一样。

达巴莱船长和"西方塔号"上的全体官兵终于可以见识一下这条神秘船上的人了。这船相当放肆、无礼,任凭你打信号、开炮,它一律都不回答。

等到了下午5时左右,海风减弱了,双桅船又开始占上风了。

"啊!该死……有鬼在帮它的忙……又被它溜啦!"托德洛

斯上尉连声叫喊。

他们使出浑身解数想使"西方塔号"加速追击，比如把帆片浸润让纤维拉紧，把吊床吊起借摇摆的力量推进船前进等等。当然，这还是起了些作用的。

到了傍晚7点钟时，太阳刚下山，两船间还有两海里的距离。这个纬度上夜是骤然降临的。黄昏只有极短的一会儿功夫，要是能赶在天完全黑下来之前追上双桅船，那就还得加快速度。

此刻，双桅船正在喀索斯岛和布罗岛之间。可就在喀索斯岛与斯卡庞陀岛之间狭窄的水道转弯处，双桅船却突然不见了。

等它消失了半个小时后，"西方塔号"才赶了上来。这时的天色已经亮了，完全可以看得清方圆几英里以内的东西了，但双桅船却无影无踪了。

斯卡庞陀的拍卖

如果说克里特岛像寓言上所说的，是往昔神仙的住所，那么古代的卡帕托斯，现在叫斯卡庞陀的这个地方就是他们的死对头——巨人泰坦的居所。

今天群岛间的海盗们完全可以被看成神话中坏蛋的子孙，神话中的坏蛋敢攻打奥林匹斯神山，今天群岛间的海盗则袭击凡人。这个时候，似乎形形色色的匪帮都以这个岛作为他们的总部。要知道，巨人泰坦的地神的孙子、雅贝的4个儿子都是在这个岛出生的。

斯卡庞陀的环境为海盗们提供了极大的方便。它几乎是孤零零地坐落在地中海东南海域的尽头，最近的罗德岛离它也有40多千米。人们老远就能看到它的峰巅。

它周长20海里，海岸线弯弯曲曲呈新月状，形成无数皱折，四面全是礁石险滩。要是说它在这一带颇有名望，自古就因行船艰难而出名，今天也一样被视为险途。除了在喀尔巴阡海上久经锻炼的航海老手，一般人是不敢轻易去冒险的。

斯卡庞陀岛本来是希腊的一个岛屿，但它一直属于奥斯曼帝国统治。在希腊取得独立后，它仍然是土耳其的殖民地，希腊新政府并没有把它收复。

在那个时期，在斯卡庞陀城内可以碰到很多土耳其人。这个城市一直都处在和平安宁的状态，没有战争，所以当地居民对土耳其人并无反感。

自从这儿成为罪恶的投机买卖中心后，斯卡庞陀就以同样的待客态度迎接土耳其的船舰和到这儿来交割俘虏人口的海盗船只。那些小亚细亚和非洲的掮客，络绎不绝地涌了过来，苍蝇喋血似地围着这个重要的人口买卖市场。他们在这儿进行拍卖，价格随市场的需求而定。

必须说明一点，土耳其法官与这项生意并非毫无瓜葛，反而会亲自主持拍卖，掮客们都得从买卖成交额中抽出一小部分给他上供。至于把这些不幸的人运载到斯迈纳或是北非洲的市场上去，都是用海盗船装运的，所以也就由海盗船承担，他们可不会在乎这活是否肮脏。他们在岛西的阿卡萨装货，要是人数不够，就专门派一个特差到对岸去。

在斯卡庞陀东边，一个几乎很难找到的小海湾深处，此时正停泊着10多艘船，这全都是海盗船，船上聚集着上千名海盗。他们在等待他们的大首领，共同策划一场大阴谋。

9月2日晚上，"西方塔号"在阿卡萨港靠岸，船停在离岸20米远的地方。达巴莱上岛后，万没有想到他这次无意的巡航竟已经把他带到了奴隶买卖的主要库房。

"我们要在这里停泊一段时间吗？"托德洛斯上尉问。

"这时下决定还有点儿早，见机行事吧！"达巴莱答道。

"全都上岸吗？"

"要有一半人留守。"

"好的。这里可是土耳其人的地盘，我们要小心应付，别被敌人偷袭了。"托德洛斯上尉说道。

达巴莱从没向他的大副和军官们提起过他为什么要到斯卡庞陀来，也没有讲过那封无法说明来源的匿名信。此外，他也想打听一些新的情况，想知道他那个神秘的通信人究竟要"西方塔号"在喀尔巴阡海这一带做什么。而最让他想不通的是，那艘双桅船正当"西方塔号"以为就要赶上它的时候，怎么会一下子消失在喀索斯河口了呢？

所以，在到阿卡萨停泊以前，达巴莱压根儿没想过要放弃追击。当舰艇沿着它可以通过的水道贴岸行驶后，他决定要把海岸的曲折起伏之处查看个清楚。但由于这里暗礁密布，峭壁遮掩，一只像双桅船这样的船是极易隐藏的。在这样一片暗礁群里，"西方塔号"很可能触礁沉没，而一个熟悉地形的船长就能轻易避开追捕他的人。要是双桅船已经逃入了某个小海湾，就很难找到了。而且其他的贼船也一个都找不到，因为小岛不知把它们藏在什么地方了。

为了寻找那艘船竟花了两天的时间，结果却是一无所获。双桅船就好像突然在喀索斯河道沉没了，突然就没有了。达巴莱船长窝了一肚子的火，最后也不得不死了这条心，不再寻找了。于是他决定在阿卡萨港口泊船，耐心等待了。

第二天下午3时至5时，岛上大部分人都拥到小城阿卡萨来，更不必说那些从欧洲、亚洲来的外国人了，而且大家要好好竞争一番。因为这一天正好是开市的日子。那些被土耳其人掳来的俘虏，各种年龄、各种条件的都有，就要在市集上拍卖了。

当时，阿卡萨设有一个独特的商场，就像北非的一些城市里的一样，被称作"集市"。此刻，这个集市里有100多名掳掠来的人口，男的、女的、孩子都有。他们是最近几次伯罗奔尼萨战利品的剩余部分。

这些可怜的人乱七八糟地挤在一个光秃秃的院子里，烈日照射，无遮无蔽，一个个衣衫褴褛，神情沮丧，从脸上就能看出他们经受了什么样的折磨。他们吃得糟透了，喝的全都是污水。一家一户地聚攒在一起，凭着买主一时高兴，就叫你妻离子散，各奔东西。

这景象任谁看了都会感到深深怜悯的，只有那些看守，什么样的痛苦也打动不了他们。那些在阿尔及尔利亚、突尼斯苦役船上的苦力死亡了一大批，急需补充新的苦役犯。这些人已经受够苦了，那么，在那儿等着他们的又该是怎样残酷的苦难呢？

然而，这一切重获自由的希望并没有在这些被掳掠的人心中抹掉。要是买主在买他们的时候花了一大笔钱的话，紧接着再把他们卖掉，赎回自由就可以赚更多。因为赎身要用很高的代价，特别是那些原来有社会地位的俘虏。

他们有不少人就是这样重获自由的，其中有的是被国家在他们动身之前就把他们卖掉的，由公众解救出来；有的是宗教慈善机构在欧洲募捐的款项救助的。常常也会有少数人，出于慈悲心肠，把钱财用于在这方面做善事。

就在最近，还有一大笔来源不明的款项投进来赎买这些被俘掠人口，而且被专门用来赎回希腊藉奴隶。历时6年的战争使他们中的许多人流落到了小亚细亚、非洲一带的投机商手中。

阿卡萨的集市采用公开拍卖的方式进行买卖，不管是外地人还是本地人，大家都可以参加。这一天是专门为非洲的苦役船拍卖苦力的，因为被拍卖的人口数量不多。这些人要是落在某些掮客手里，就要被运到阿尔及尔或突尼斯去了。

这批被掠来的人分为两类，大多数来自伯罗奔尼萨，其余是从一艘由突尼斯开来，经过此地回去的一艘希腊船上抢来的。这些受尽了万般苦楚的可怜人，就要在最近一次拍卖中决定他们的命运了。

按规矩，在下午5时钟一敲响，阿卡萨炮台打响关闭港口的炮声之前，人们可以哄抬比价，炮声一响，这个市场的最后一个叫价也就戛然而止了。

9月3日这一天，市场上人头攒动，热闹非常，许多是来自斯迈纳和小亚细亚的人，他们都自称是为了北非诸国来做这项买卖的。

这种熙熙攘攘、争先恐后的情况真是太好解释了,因为人们已经预感到独立战争就要结束了。伊布拉欣帕夏已经在伯罗奔尼萨被击退了,同时2,000名法国远征军在迈宗将军的统帅下,已经在默里亚登陆。以后被掠人口势必会越来越少,因此价钱也必然会提高。这让当地的土耳其法官对此非常满意。

投机商们早晨先在集市上看了看,对于俘虏的人数和大概价格心里都有了底,这一批奴隶卖价一定很高。

"穆罕默德在上!"一个从斯迈纳来的代理商在同伙中高谈阔论,翻来覆去地说:"做这种生意的大好时光已经过去了!还记得那时候,船只运来的都是成千上万的俘虏,哪像现在,只有100多个!"

"对……自从西奥岛大屠杀之后就这样了!"另一个说,"一次运来40,000人,简直没地方装!"

"可不是,"另一个看上去像是个人贩子老手,说,"不过,那时候俘虏太多,卖主也太多。卖主一多,价钱也就太低了!现在少运一些,利润还高一点,因为不管成本多高,预付款总是一样的!"

"对啊!尤其是在北非洲海岸……要拿出一小部分送给伊布拉欣帕夏、土耳其法官或是总督呢!"

"还不算用于维修码头和炮弹开支的1%呢!"

"还有1%要从咱们口袋里掏出来塞到伊斯兰教传教士的口袋

里呢！"

"算下来咱们只能喝西北风了！"

他们大声谈着生意经，一点儿也不觉得他们这行生意有多可耻，总是在抱怨利润！

这时，远处的开炮声打断了他们的谈话。

不用说，这场买卖当然是由土耳其法官主持买卖了，除了个人利益他还得代表土耳其政府出面。只见他高高地坐在台上，半坐半卧在一叠厚厚实实的大椅垫上。

拍卖人在台前忙碌准备着。不要以为他会像小贩一样大声吆喝，他是不会这样的。他要让掮客们哄抬价格，一般要等到最后一刻，竞价才会变得激烈。

第一个叫价的是个斯迈纳人，他开价1000英镑。

"1000英镑！"叫卖人重复一遍。

在一个小时当中，叫价从1000英镑上升到2000英镑，约合47,000法郎。掮客们事先已经商量好了，并不急着叫价，他们嘀咕些别的事情，不到最后几分钟，他们是不会提出他们自己的最高数字来。

这时，一个新的竞争对手打破了他们预计的局面，使价格出现了意料不到的猛涨。

在下午4时的时候，有两个人在阿卡萨商场露面了。这两人的出现引起场内的惊讶与不安，客商们显然没有料到会出现这样一个举足轻重的人物。

"真主在上!"他们中间的一个不禁失声叫喊了一声,"这是尼古拉·斯塔科呀!"

"还有他的心腹斯科培洛!"另外一个人答道,"还以为他们都已经死了呢!"

这两个人在阿卡萨商场上绰绰有名。他们不止一次为非洲客商买过大批奴隶,做过大笔生意。他们有的是钱,虽然这钱来路不明,但肯定和这类买卖有关。土耳其法官看到这两个家伙出现,自然高兴万分。

斯科培洛是老手了,一眼就能看出这批人大概值多少钱。所以,他只跟斯塔科咬了一下耳朵,斯塔科听了点点头表示同意。

可不管"卡里斯塔号"大副的眼光多么老道,他也没有看出一个老年女俘对斯塔科的到来生出怎样的恐惧。

她的个子很高,一直坐在一个角落里。尼古拉·斯塔科一出现,她就一下子站了起来,好像有谁推着她往前走了几步,脱口就要叫出来……但她努力地克制住了自己,慢慢地退到后面去,用一件又脏又破的披风把自己从头到脚遮住了,好像光遮住脸还不够,她想让自己整个人从尼古拉·斯塔科的眼前消失一样。

那些客商们没有和斯塔科打招呼,只是用目光紧盯着斯塔科。可他根本不看这些人,他是来买这批俘虏的吗?他们知道斯塔科跟这些非洲蛮族国家的伊布拉欣帕夏和高级军官都有关系,似乎都有点儿怕他。

冷场的时间并不太长。

这时，叫卖人又站起身来，大声喊出刚才的叫价："现在是2000英镑！"

"2500英镑！"斯科培洛在这种场合总是斯塔科的代言人。

"2500英镑！"叫卖人宣布。

人群中开始议论纷纷，彼此似乎有所怀疑地互相窥探着。

又过了一刻钟，还没有继续叫价。斯塔科冷漠地傲视全场，没有人怀疑，这笔买卖肯定是他的了。可是，有个斯迈纳客商跟他的两三个伙计们商量了一下，标出了新价码。

"2700英镑！"他叫道。

"3000英镑！"这一回斯塔科开了口。

发生了什么事呢？为什么他本人突然插手这场夺标战呢？他一贯冷漠的声音里怎么带着某种激动，连斯科培洛都吃了一惊。

有一阵子，斯塔科越过集市栏杆，在俘虏中间转来转去。老女俘见他走近，把身子更加紧紧地裹藏在她的披风里了，斯塔科并没有看到她。

突然，他的注意力被两个俘虏吸引住了。他停下身来，仿佛双脚被钉在了土地上。

那边，在一个高个子的俘虏身边躺着一个精疲力竭的姑娘。高个子俘虏一见到斯塔科，霍地站起身来。他身边的姑娘也一下子睁开了眼睛，一见到是"卡里斯塔号"船长斯塔科，马上就向后退缩了。

"哈琼娜！"斯塔科大声叫道。

是哈琼娜·艾利真多！埃克查理斯赶忙一把抱住她，仿佛是想护住她似的。

"她！"斯塔科又重复一遍。

哈琼娜从埃克查理斯怀里挣脱，眼睛直瞪瞪地看着她父亲从前的老主顾。

斯塔科这时候也不去仔细研究银行老板艾利真多的继承人怎么会给扔到阿卡萨市集上来的，于是脱口报出了3000英镑的价格。

"3000英镑！"叫卖人又喊了一声。

这时已经是4时30分了，还有30分钟，炮台就要开炮了，就要宣布标卖归于最后一个出价人。

那些客商相互商量以后准备离场，斯塔科夺标似乎已成为定局。可就在这时候，斯迈纳的代理商想在战斗中最后再硬顶一次。

"3500英镑！"斯迈纳的代理商出价。

"4000英镑！"斯塔科立即应过去。

斯科培洛因为没有看到哈琼娜，所以不明白船长的这种毫无节制的冲动情绪是怎么一回事。照他看来，这个价格已经出格了，而且超过预算价格太多了。他不由地觉得有什么原因促使斯塔科做这笔亏本生意。

拍卖人喊出最后价格的时间过去有一会儿了，那个斯迈纳商人给同伴打了个手势表示放弃。只要再等几分钟，这笔买卖就由尼古拉·斯塔科做成了，现在没人怀疑这一点。

埃克查理斯早就看明白了事态的现状，所以他把少女紧紧地搂在怀里。除非把他杀掉，否则谁也不能把哈琼娜从他手里夺出去！

这时，在这深沉的寂静中，响起了一个清亮颤动的嗓音：

"5000英镑！"

斯塔科转身望去，只见一群水手走进集市，领头的是为军官。

"亨利·达巴莱！"斯塔科叫道，"亨利·达巴莱……他怎么会在这儿……"

"西方塔号"船长只是出于偶然来到了集市。他甚至不知道，这一天在这个岛的首府会有一场奴隶交易，而且他一直没有再见到那艘双桅帆船。可却意外地发现尼古拉·斯塔科出现在阿卡萨，这也让他感到很吃惊。

斯塔科虽然知道"西方塔号"就在阿卡萨港口停泊，但却不知道指挥巡逻舰的就是亨利·达巴莱。

可以想象得到，这两个仇人见面时的这种愤怒情绪。

要说达巴莱为何会突然插手这件事，是因为他一眼就从俘虏群里认出了哈琼娜和埃克查理斯。眼看着姑娘就要落入斯塔科的虎口了！

其实，哈琼娜早就听见他讲话了，也看到他了，要不是看守阻挡她，她早就扑到他跟前去了。

达巴莱打了个手势让哈琼娜定下心。不管他多么气愤，只要他看到面前站着这个可恶的对手,他就能克制住自己。即使要他付出全部财产,他也情愿,不管花多大的代价,也要救出这些可怜的俘虏,当然还有他心爱的姑娘。

这将是一场激烈的斗争。

虽然斯塔科不知道哈琼娜为何会落到这步田地,但他仍以为她是艾利真多的继承人,她的千百万家产不会随她而消失的,买了她就等于买了她的财产。所以出多高的价也是值得的,更何况现在是情敌间的竞争,所以斯塔科决不会放手的。

"6000英镑!"斯塔科标价。

"7000英镑!""西方塔号"船长坚定地叫道。

现在最高兴的就是土耳其法官了,而且他一点儿也不掩饰自己的兴奋,让它从自己那奥斯曼式的严肃里流露出来。

要是说这个贪婪的法官已经在盘算他该抽取多少佣金的话,那么,斯科培洛已经沉不住气了。他认出了亨利·达巴莱,接着又看到了哈琼娜·艾利真多。如果斯塔科因仇恨而固执下去的话,本来是一桩好买卖很可能就搞砸了,尤其是少女,就像她本人失去了自由那样,已经失了她的财产,这是很有可能的呀!

于是,斯科培洛拉着斯塔科,想谦卑地跟他说几句话。可是他的船长这份态度倒使他不再敢大胆提什么新的意见了。现在"卡里斯塔号"船长用一种激怒对手的声音向叫卖人喊价。

大多数人都认识"卡里斯塔号"船长,但却不认识"西方塔号"船长,甚至没人知道那艘挂科孚旗帜的巡逻舰跑到斯卡庞陀来干什么。但由于战争爆发以来，参与运送奴隶的船只各个国家的都有，所以大家都认为"西方塔号"也是做这行生意的。所以不管这些俘虏是被斯塔科买去，还是被亨利·达巴莱买去，在他们看来，反正都是一笔奴隶交易。

离这结束还有5分钟。

一听到拍卖人重新叫出这个新标价，斯塔科立即回答："8000英镑！"

"9000！"达巴莱说。

又是一阵新的沉寂。"西方塔号"船长神闲气定地瞟着斯塔科，斯塔科正烦躁地走来走去，斯科培洛不敢上前。现在没有任何考虑能控制得住夺标者的狂热了。

"10000英镑！"斯塔科说。

"11000英镑！"达巴莱应道。

"12000！"斯塔科毫不耽搁地马上应过去。

达巴莱船长没有立刻回答。不是因为他犹豫不决，而是他看到斯科培洛正走上前去阻止斯塔科的疯狂行为，这样一来，让"卡里斯塔号"船长分了神。与此同时，俘虏中间的那个老妇人，一直执拗地掩藏自己。这时突然站了起来，仿佛她想把自己的面容让斯塔科看到。

就在这一刻，阿卡萨城堡上升起一股白烟，一团火光从白烟缭绕中迅速升起，在爆炸声传到集市之前，一个响亮的声音报出了新的价格："13000英镑！"

这一叫之后才听到炮声，接着是众人一阵经久不息的欢呼。

斯塔科猛地把斯科培洛推倒在地上。现在，已经太迟了，斯塔科无权再叫价了！哈琼娜·艾利真多已经从他手心里逃脱了，而且是永远的！

"跟我走！"他低沉地对斯科培洛说了一句，而人们仿佛听到他在牙缝里嘀咕着："这样就更可靠，也少花钱！"

两人上了马车，消失在小岛深处的路上。

哈琼娜·艾利真多已经被埃克查理斯带领着越过了市集的栅门。她扑进达巴莱的怀抱，达巴莱把她搂在胸前说："哈琼娜！哈琼娜！就算用我的全部财产，我也要把你赎回来……"

"就跟我一样，我牺牲了我的全部财产以赎回我姓氏的荣誉！"少女答道。

"是的，达巴莱，哈琼娜现在真的穷了，可她配得上你了！"哈琼娜激动地说道。

登上"西方塔号"

第二天，9月3日上午10时，"西方塔号"扯起小帆，乘风驶出了斯卡庞陀港口。

亨利·达巴莱带领手下解救了拍卖大会上的所有奴隶，他把所有受苦受难的被拍卖的人救上了"西方塔号"。尽管穿越群岛用不了几天时间，但水手们还是尽量把他们安置得舒服一点。

达巴莱船长前天晚上就准备重返海上，为了支付13000英镑，他交了保证金，这使土耳其法官大为高兴，所以俘虏人口上船进行得很顺利。

3天前，这些人注定要到非洲的苦役船上去受苦，而现在，他们就要在希腊北部的某个港口登岸了，这下他们不必为自己的自由担心了。

这些俘虏们能够获救，多亏了这个把他们从斯塔科手中夺回来的人。所以，当他们一登上"西方塔号"的甲板，他们的感激之情就从一件令人感动的事情中自然地流露出来了。

他们中间有一个"神父"，这人是莱翁达里的一个老传教士。他带着饱经苦难的同伴们朝尾楼走去,此时的哈琼娜和达巴莱正跟几个军官在那儿。老传教士带头,他们全都跟着跪下了,老传教士朝船长张开了手臂说道:"亨利·达巴莱,请接受所有被你解救的人的祝福吧!"

"朋友们,我不过做了自己该做的事罢了!"达巴莱被深深感动。

"是的……所有人的祝福……所有人的……还有我的,亨利·达巴莱!"哈琼娜也弯下腰去,加了一句。

达巴莱急忙把她扶起。这时,从船头到船尾响起了一片"亨利·达巴莱万岁!""哈琼娜·艾利真多万岁!"的欢呼声。

但只有一个被掳掠的妇女,就是前一天在集市上把自己掩藏起来的那个女人没有参加欢呼。她一上船就一门心思地考虑怎么做才不引人注目。她在中舱最暗的角落里蹲着,谁也没有注意到她在船上。很显然,她是希望直至上岸也不要被人认出来。那她到底是谁呢?为何要如此小心呢?难道她认识这船上的某个军官或水手吗?所以她才这样隐姓埋名、百般躲藏?

如果说达巴莱所做的一切值得人们欢呼的话,那哈琼娜自离开科孚以后所做的又该得到什么呢?

"达巴莱,"前一天她曾说过,"哈琼娜·艾利真多现在虽然没有钱了,可是她配得上你了!"

她现在确实穷了,可她配得上军官吗?我们马上可以得出结论。

如果说当那个把他们两人分开的重大事件发生时,达巴莱是爱哈琼娜的话,一旦他知道了这段长期离别中少女的全部生活情况,这爱情会增加多少啊!

自从哈琼娜知道了她父亲留给她的这笔财产是怎么赚来的之后,哈琼娜就立刻决定把它们全部用于赎回战俘。2,000万中的绝大部分是靠贩卖战俘赚取的,她一个子儿都不要。这计划是她跟埃克查理斯谈过的,埃克查理斯也同意这样做。于是,银行里的所有证券都被兑换成了现金。

接着,达巴莱收到了姑娘写的请求原谅的诀别信。之后,哈琼娜就带着她的勇敢而忠实的埃克查理斯秘密离开了科孚到伯罗奔尼萨去。

那时,伊布拉欣帕夏还在默里亚中部进行野蛮残酷的战争。这场浩劫的幸存者都被遣发到梅赛尼亚岛的主要港口去了,有的在帕特雷或是在纳瓦里诺,然后用船——其中有土耳其政府租的,但大部分都是海盗提供的,然后把这些成千上万的幸存者运到斯卡庞陀或斯迈纳的奴隶市场去卖掉。

哈琼娜和埃克查理斯失踪后的两个月,他们一直在梅赛尼亚一带的奴隶市场中,不管价钱多高,他们赎回了上千的奴隶。然后想尽办法安顿他们,使他们一部分送到了伊奥尼亚诸岛,另一部分就送到希腊北部已获自由的地区。

在这之后,他们又来到小亚细亚的斯迈纳,这里的人口买卖很兴旺,有许多希腊战俘被运到这里。哈琼娜特别想解救他们,她给的价很高，远远超出北非或亚洲沿岸的客商，这让奥斯曼当局有钱可赚，于是和她做成了不少生意。

就在这时，哈琼娜想到要从两个不同的途径来达到自己的目的。如果仅仅只是把这些被卖掉的奴隶赎回来是不够的，还应该想办法打击那些在群岛间为非作歹的海盗。

当她在斯迈纳听说了"西方塔号"的情况，知道它是科孚商人装备的以及它的用途。哈琼娜立刻跟科孚的商人们取得了联系，由她给他们一笔钱，把船买下来。她用的是拉古斯银行老板的名义，但实际上却属于艾利真多的女继承人。

她是想效法波波里拉、莫代娜、查拉丽亚和其他的爱国女英雄们。战争初期，这些女英雄出资装备的船舰，曾经给奥斯曼海军舰造成了很大的打击。

而此时的"西方塔号"需要一个新的船长，而这个船长应该是一个年轻有为、有丰富的海上作战经验，这就让她想到了亨利·达巴莱。

埃克查理斯有个侄儿，跟他叔叔一样是原籍希腊的水手。当青年军官在科孚到处寻找哈琼娜时，在西奥岛和法布维埃会合时，这个人就一直秘密地跟着他。

当"西方塔号"重新编排人员，于是这人奉哈琼娜的命令到船上当了一名水手。就是他把埃克查理斯的信传给亨利·达巴莱的。第一封是在西奥岛，信上告诉亨利·达巴莱："西方塔号"指挥部有一职务正虚位以待；第二封是他趁值班时放在会议舱桌上的，信上约定巡逻舰于9月初到达斯卡庞陀去。

哈琼娜在安排好这件事后，准备到时候在约定的地点等待"西方塔号"，并希望"西方塔号"能把她赎回来的最后一批俘虏人口送回希腊。

但是，这6个月的连续奔波，使她吃了不少苦，经历了数不清的危险。连海盗聚集的北非海岸中部，都没有阻挡住勇敢少女的脚步。她在埃克查理斯的陪同下，毫不犹豫地前往完成她的使命。为了这个，她不惜拿自己的自由、自己的生命去冒险。

就这样，没有什么都挡得住她，她义无反顾地出发了。

她就像一个慈善会的修女，频繁出现在的黎波利、突尼斯，甚至北非海岸市场，只要什么地方出售希腊俘虏，她就去用高价从卖主那儿把他们赎出来。只要有希腊战俘出售，她就会带着钱袋出现在哪里。因此，在那些私欲横行、贪得无厌的地方，她亲眼目睹了奴隶们的悲惨处境。

当时的阿尔及尔还在一个由伊斯兰教徒和叛徒合组的民团管辖之下，他们靠掳掠和贩卖奴隶过活。

17世纪时，非洲大陆上已有男女俘虏近40,000名，都是从法国、意大利、英国、德国、法朗德、荷兰、希腊、匈牙利、俄国、波兰、西班牙等欧洲各国的海面上掳掠过去的。

在阿尔及尔的时候，哈琼娜特别注意在苦役船上寻找希腊战俘。至于她个人，好像冥冥中有神灵保护，虽然历经危险，却总能化险为夷！

在这6个月的时间里，她乘一叶轻舟，走遍了地中海沿岸最偏僻的地方，从迪黎波利一直都摩洛哥最远边界，直到北非。那些不幸的俘虏生活在地下3至4米的地窖里。

一直等到她的任务完成了，她父亲的钱也花的差不多了，哈琼娜准备和埃克查理斯回到欧洲去。于是她搭乘了一艘希腊船，上面载着她所赎回的最后一批俘虏，向斯卡庞陀驶去，想在那里和亨利·达巴莱会合，乘"西方塔号"回到希腊。

没想到离开突尼斯3天后，她乘的这艘船不幸被一艘土耳其军舰捕获了，因此人们把她带到了阿卡萨，要在这里把她跟被她刚刚解救回来的人一同当奴隶卖掉！

总之，哈琼娜努力的结果是：有成千上万名奴隶被当初卖他们时赚的钱赎了回来。哈琼娜现在已是人穷财尽，但是她已经用尽所有方法来替她的父亲赎罪了。

达巴莱听完了可怜的哈琼娜的遭遇后，他的眼泪再也控制不住了，他为受苦受难的哈琼娜流出了热泪。现状的达巴莱也穷了，为了能把她从斯塔科的手中夺回来，达巴莱也用尽了钱财。

第二天早上，"西方塔号"在晨曦中看到了克里特岛的陆地，此刻，船正向群岛的西北方向驶去，达巴莱船长想沿希腊海岸东部开到埃维厄岛去。在那里，俘虏们都可以从可靠的地方上岸，不至于遭到正被压迫到伯罗奔尼萨内地的土耳其人的袭击。现在，希腊半岛已经没有一个土耳其人了。

所有这些可怜的人，在"西方塔号"上都受到了无微不至的照顾，他们正在逐渐地从过去所受到的痛苦中恢复过来。白天，他们可以聚集在甲板上，呼吸自由的海风。本来将永远分离的母子、夫妻，现在再也不会分离了。他们都知道，这一切都是由于哈琼娜，所以每当她挽着达巴莱的胳膊从甲板上走过，人们都会向她致意，并表达自己的感激之情。

9月4日凌晨，"西方塔号"已经看不到克里特岛的山顶了。这时风也开始减弱了，尽管扯满了帆，一天也行不了多少路。这使他们至少要耽搁一到两天的时间，这是他们没有想到的事。

此时的海面真美，晴空万里，没有任何气候变化的迹象。现在就像水手们说的，只有"顺水漂"了，让上帝来决定什么时候结束航程吧！

在这样平静的航行中最适合在船上聊天了，没有什么其他的事情可做。只要值班的军官和前桅甲板的水手稍微照料一下，报告所望见的陆地或者海面上的船只就行了。

哈琼娜走到船尾专为她和达巴莱设的椅子上，现在他们常谈起的不是过去，而是未来，因为他们已经能够把握将来了。他们拟订各种计划，他们商定了最近就要实施的种种计划，当然也不会忘记让勇敢果断的埃克查理斯去研究。一到希腊大陆就举行婚礼，对此两人都没有异议。

哈琼娜再也不会有什么"买卖"上的问题来耽搁她的婚礼了。她用一年的时间来完成了这些善举，这让一切都变得简单了！等他俩结婚之后，达巴莱会把"西方塔号"交给托德洛斯指挥,他则带着妻子回法国,然后准备跟她一同回家乡去。

这天晚上,他们倾谈到了这一切。微风把"西方塔号"上的帆吹得鼓鼓的,辉煌的落日把金光涂在西边雾气朦胧的地平线上。对面,东方闪烁着初出的星星,海水在亮灼灼的一片闪烁下跳个不停,又是一个美妙的夜晚。

达巴莱和哈琼娜被这美妙的夜晚陶醉了,他们望着船在大海里犁出的雪白浪花。帆篷轻轻的拍击声打破了沉寂,不管他还是她,除了他俩自己的事情,其他的什么也看不到、听不见了。

可没一会儿,达巴莱就被一种焦急的叫声唤回了现实。果然,是埃克查理斯站在他面前。

"船长?……"这是埃克查理斯第三次唤他了。

"什么事,我的朋友?"达巴莱觉得埃克查理斯有些犹豫。

"你有什么事,我的好埃克查理斯?"哈琼娜问道。

"我想跟您说件事,船长。"

"什么事?"

"是这么回事,船上那些乘客……就是您将送回家去的那些人……他们有个想法,让我来跟您商量一下。"

"好,你说吧,埃克查理斯。"

"您瞧,船长。他们知道您要和哈琼娜结婚……"

"是这样,"达巴莱微笑着回答,"这对任何人都已经不是秘密了。"

"这些人们希望能做你们婚礼的见证人!"

"到时候他们来好了，埃克查理斯，让他们都来吧！要是能把哈琼娜从奴隶中搭救出来的人都聚在她的周围，这样的婚礼仪仗队倒是别的新娘都不曾有过呢！"

"达巴莱！……"姑娘想打断他。

"船长说得对，"埃克查理斯说，"不管怎么说，他们会来的，呃……"

"等我们到了希腊的土地上，"达巴莱说，"我一定邀请他们全体来参加我们的婚礼。"

"好的，船长，"埃克查理斯又说，"不过，他们除了这个想法之外，还有第二个主意！"

"也是个好主意吗？"

"是更好的，他们想让你们在'西方塔号'上举行婚礼！这艘把他们载回祖国的船，难道不也是希腊的一块土地吗？"

"好，埃克查理斯，"达巴莱答道，"您同意吗，我亲爱的哈琼娜？"

哈琼娜向他伸出手来，表示她也同意了。

"这真是太好了！"埃克查理斯说。

"那么你可以对'西方塔号'的全体乘客宣布，"达巴莱又补充一句，"婚礼就照他们希望的办了！"

"好的，船长。"埃克查理斯犹豫了一下，"不过，还有呢！"

"没事的，你说吧，埃克查理斯。"哈琼娜说。

"是这样，这些人啊有了个好主意，又来了一个更好的，还有第三个他们说是好极了的！"

"是吗，第三个！"达巴莱说，"这第三个又是什么呢？"

"就是不仅仅婚礼要在巡逻舰上，而且就在大海上举行……就在明天起！他们中有一个老神父……"

埃克查理斯的话被在前桅上瞭望的水手打断了。

"那边有船！"

达巴莱立刻找到大副托德洛斯上尉，上尉正朝那个方向眺望。

东边大概6海里的地方出现了由12艘吨位大小不等的船只组成的船队。此时的"西方塔号"因为没有风而处于静止状态，而那支船队却被海上的最后一点微风推动着缓缓向前。"西方塔号"吹不到这阵风，而船队却渐渐靠过来了。

达巴莱拿起望远镜，全神贯注地观察着这些船只的航程。

"托德洛斯上尉，"他转向大副说，"现在距离太远，观察不到它的意图以及船上的火力配备。"

"确实，船长，"大副答道，"今天夜里没有月亮，天这么黑，我们辨认不出来！必须要等到明天。"

"对，只能这样，"达巴莱说，"但这一带不太安全，让大家小心观察，同时也叫大家做好必要的准备，以防这些船只接近'西方塔号'。"

托德洛斯上尉立即下达了有关命令，立刻得到了执行。巡逻舰上建立起了强有力的警戒，并且将持续到白天。由于突然发生的情况，大家只好把婚礼的事情暂时搁置。哈琼娜在达巴莱的再三请求下，只好回到她自己舱里去了。

这一夜，全船的人睡得很少。海上出现的船队引起了大家的不安。只要可能，每个人都会关注船队动向。但是到9时左右，海面上起了一阵浓厚的雾气，这使达巴莱马上就望不见那个船队了。

直到第二天早上太阳升起时，地平线上还笼罩着一层薄雾。因为一丝风都没有，这阵薄雾直至上午10时之前都没有散。但等到雾气一散，整个船队就突然出现在不到4海里的地方了。它在夜里向"西方塔号"靠近了2海里。如果说它现在不再驶近的话，那是因为大雾阻碍了它的行动。

船队大约是12艘船，靠苦役的奴隶用长木桨推动着齐头前进。巡逻舰由于船身庞大，这种装置对它毫无用处，手划根本无法带动它，它只好等待，没有任何动作。

现在船队的意图已经很清楚了，不会再弄错了。

"这伙船看起来很可疑！"托德洛斯上尉说。

"不仅仅可疑，"达巴莱说，"我认出了中间有我们在克里特岛附近没追到的那艘双桅帆船。"

"西方塔号"的船长没有说错，那艘双桅帆船正是上次在斯卡庞陀山嘴外突然地消失的船。此时的它正行驶在船队的最前头，别的船都在听从它的指挥，相互保持着一定距离。

· 161 ·

这时，海面吹起一阵东风，这更加有利于船队前进了。船队的行进激起微泛绿波的海面，距离巡逻舰不远时突然停止了前进。

达巴莱突然把手中那个一直不离双目的望远镜一扔，大声喊道："准备开火！"

因为达巴莱看到双桅帆船的船头喷射出一条长长的白烟，刹那间，一枚火红的炮弹落到炮舰上炸开了。与此同时，双桅船的桅杆上升起了一面旗帜。那面旗帜是黑色的，一个火红的大"S"字母横贯旗帜中心。

这正是海盗萨克拉迪夫的旗帜。

萨克拉迪夫

这支船队由12艘船组成,是昨天夜里从斯卡庞陀匪巢出发的。不管它从正面攻打还是围抄堵劫,对"西方塔号"来说,这都是一场实力悬殊的战斗。这一点是确定无疑的了。

由于没有风,"西方塔号"根本无法避开,就算能避开,达巴莱也决不会那么干的,"西方塔号"决不能在海盗的旗帜前可耻地逃跑。

这12艘船里,有4艘方帆双桅快船,上面共有16至18门加农炮。其余8艘吨位较小并安有轻型炮,它们都是一些双桅帆船,配有索具的加桅帆大桅船,或者安有枪炮的小帆船和双桅横帆船。根据巡逻舰上的军官们判断,敌船大约有100多个火力点,巡逻舰上有22门大炮和6门短炮,而船上250名水手对付的将是七八百名海盗,力量对比的悬殊是很明显的。

当然,"西方塔号"的炮火优势也能制造取胜的机会,但前提是不能让敌船靠得太近,必须设法跟这支船队保持一定的距离,然后准确地发射排炮袭击,将他们各个击沉。

总之，要想尽一切办法避免近距离作战，也就是不要发生一对一的肉搏战。如果出现了这种情况，肯定是人多势众要占优势，人多在海战中比在陆上更重要。因为在船上想退都退不了，最后只有一条路：要么炸船同归于尽，要么投降。

等雾气消散后的一小时，明显地看出船队又进了一步，逼近了巡逻舰，而巡逻舰就像是抛锚在大海中一样纹丝不动。

达巴莱不时地观察着海盗的行动和谋划。船上战斗准备迅速地做好了，军官和水手们都坚守在自己的岗位上。

乘客中凡是身体强壮的都主动要求编进队伍，并领到了武器。炮位和甲板上鸦雀无声，只有船长和托德洛斯上尉之间偶尔的对话，短暂地打破这沉寂。

"不能让他们靠近，"达巴莱对大副说，"等第一艘船进入射程，就用右舷的炮火袭击。"

"我们是打他们的船身还是打断桅杆呢？"大副问。

"打船身，要把它打沉。"达巴莱回答。

这确实是个好主意，如果让这群海盗船靠近，那就太可怕了，特别是这个萨克拉迪夫，竟无耻至极地把他的黑旗扯起来了。他这样干，肯定是因为他确信巡逻舰上的人只要是见过他真面目的人，没有一个能生还。

午后1时左右，船队已经移到巡逻舰上风的1海里处了，还在继续使用划桨靠过来。"西方塔号"竭力维持住船头朝北的方向。海盗船排成阵势一同朝它扑过来——两艘方帆双桅船居中，另外两艘分列两边。他们的企图非常明显，前后包抄、夹击巡逻舰，逐步缩小包围圈，先用火力摧毁它，然后上船大肆劫掠一番。

达巴莱看出了这种狠毒的阴谋，但无奈船身动不了，他无法阻止船队的计划。但他可以在包围圈尚未形成时，用重炮轰垮他们的队形。军官们已经在议论了，为什么船长还不用他们熟悉的嗓音下令开火呢？达巴莱现在考虑的是要打就要打中，他要等敌方全部进入射程。

10分钟过去了，大家都在等待着，军官们时刻准备传达船长的命令，甲板上的水手也一个个向外凝望着。现在对方已经在有效的射程内了，为什么还不开火呢？

达巴莱一直沉默不语。他盯着对面的船队向他的两侧围卷过来，中间的那艘方帆双桅船——就是挂着萨克拉迪夫黑旗的那一艘，这时距离它已经不到1海里了。

如果说"西方塔号"船长并不急于开火，那么这船队的头头看来也似乎并不比他更急于这样做。也许他企图一炮不发地靠上巡逻舰，好让他的几百名海贼一起冲上去。

终于，达巴莱认为不能再等了。突然一阵骤风，吹得巡逻舰调整了舰位，这时离两艘双桅船的侧面不到半海里了。

"甲板和炮位注意！"船长达巴莱叫道。

船上一阵轻微的动静后又沉寂了。

"瞄准船身！"达巴莱说。

军官们立即传达命令，炮手仔细瞄准两艘双桅船，甲板上的人准备好索具。

"放！"达巴莱船长命令道。

右舷众炮齐发，巡航舰甲板上、炮座上的11门大炮和3门短炮炮弹一齐喷射出去，其中有些是用于中程距离截断敌方船桅的。

等这一阵排炮的硝烟散去，地平线重新露出来时，才看到刚才攻击的效果，不太明显，但还是很厉害的。

中间的一艘方帆双桅船，吃水线以上部分中弹，桅杆和帆索全部折断了，前桅下帆的桅柱从甲板上方几尺处破裂，虽然还能行驶，但得花些时间去修理索具。现在，危险的局面有了暂时的缓和。

左翼和右翼的其余两艘方帆双桅船，现在都到了"西方塔号"的面前了。它们向"西方塔号"猛地开了炮，"西方塔号"根本无法躲避。

"西方塔号"不幸中了两炮，后桅柱被折断，全部索具和帆布纷乱地落了一地，幸好还没有波及主桅的帆缆索具。船上的木筏和小艇通通被打烂了。最令人伤心的是，一名军官和两名水兵在这一炮击下牺牲了，还有三四个人受了重伤，被抬到下面的甲板上去了。

达巴莱立即命令，把尾楼打扫干净，不能延迟。索具、帆、桅桁碎片和圆材，在几分钟内统统收拾干净，腾空的地方要派用场，一分钟都不容浪费。炮战这时更加猛烈起来了，"西方塔号"在炮火两面夹击下只得分散火力，两边对付。

这时候，"西方塔号"上又是一阵排炮齐发，这一次，瞄得非常准，敌人船队里有两艘被打中了，一艘是双桅帆船，另外还有一艘小帆船。这次命中了海盗船的水下部分，只一会儿船就沉没了。

海盗船上的海盗纷纷跳入水中，向双桅船游去，准备扒上居中的两艘方帆双桅船，他们马上被搭救起来。

巡逻舰的水手见到这一阵排炮的威力，士气大长，不禁高声呐喊起来。

"击沉两艘！"托德洛斯上尉说。

"好！"达巴莱回答，"不过，这些兔崽子们下了小艇，准备登上方帆双桅船。我怕他们人数多，万一靠近我们的船了，那将对我们很不利！"

炮战持续了一刻钟，双方都一样，发射一阵炮弹后，什么也看不见，一切都隐没在硝烟里。要等到烟雾散尽，才能晓得双方互相造成的损失。

不幸的是，这次损失在"西方塔号"上真是太显眼了。很多水手牺牲了，受伤的也不少。一个法国军官就在船长给他下达命令的时候，被一颗子弹击中了胸膛，倒地牺牲了。

死伤人员立即被送到下层甲板。中弹的人和被飞起的木头碎片击伤的伤员都需要包扎、动手术。可现在的军医和医助连这些都不够应付了。虽然这些处于大炮半射程内的船只之间火枪还没有开火,双方还没有发出枪子弹丸,但应该说伤亡已经很厉害了,甚至可以说非常可怕。

面对如此情形,妇女们在紧闭的舱门里履行着自己的职责。哈琼娜率先给大家作出了榜样,大伙儿忙着招呼伤员,鼓励和安慰他们。此时,斯卡庞陀的被俘老妇人也离开了她的灰暗角落,血并不让她害怕,显然她的一生中经历了无数的战斗场面。

靠着底舱的微弱灯光,她弯下身去察看伤员们躺的地方,动手去做最痛苦的手术。当巡逻舰因发射排炮而震动作响时,她的眼睛没有因为爆炸而流露出丝毫的惊慌和害怕。

终于,"西方塔号"船上人员被迫跟海盗进行一场白刃战的时刻迫近了。海盗船的包围圈正步步缩小,巡逻舰成了交叉火力点的中心。现在,"西方塔号"是为了保卫那面飘扬的旗帜而战斗了。一发发炮弹给敌船以沉重的打击,又有两艘敌船消失在一片火海之中了。

现在"西方塔号"的唯一出路就是冲出包围圈,可没有一丝风,"西方塔号"无可奈何,而海盗船靠的是苦力划桨,它们正慢慢地逼近。

挂黑旗的那艘方帆双桅船只在手枪射程之内了,它集中了所有的火力向"西方塔号"狂扫,击中了"西方塔号"的后部,舰舵被打坏了。

达巴莱让人挂起防护网,准备迎击敌人。这时,到处都是枪声。舰上的人倒下的更多了，而且几乎都是立刻殒命。达巴莱险些被打中，但他还是指挥若定，稳稳地站在司令台上，冷静地发号施令，好像这些炮声是迎接他检阅的隆隆礼炮。

这时，透过弥漫的硝烟，双方已经能看清对方的脸了。人们听到海盗可怕的咒骂声。在挂黑旗的那艘方帆双桅船上，达巴莱怎么也看不到那个使整个群岛闻风丧胆的萨克拉迪夫。

就在这时，那只双桅船和另外一艘包抄过来的海盗船在其他敌人的掩护下，从左右舷两边向炮舰靠过来，把巡逻舰的船帮挤得"嘎嘎"作响。铁锚抛了上来绕住索具，将3艘船紧紧缠在了一起。大炮已不再吼叫了，因为距离太近了。巡逻舰的水手们遵照船长的命令，手持斧头、手枪和利刃等武器，守候在各个舷窗旁。当那两艘船开始靠近时，船长就下了这道命令。

突然一声叫喊，声音大到盖过了激烈的枪炮声。

"上船去！上船去！"

这场肉搏战变得非常可怕，不管用炮弹轰，或是斧头砍、利刃刺，都不能阻止这群疯狂的杀人强盗冲上巡逻舰。他们从桅楼上居高临下地放出榴弹炮火，使"西方塔号"的甲板无法把守，尽管"西方塔号"的水手也扔手榴弹回敬他们。

达巴莱布下的防护网虽然比双桅船还要高，但还是被攻破了。海盗们从这个桅桁打到那个桅桁，洞穿了的防护网罩整个倒在了甲板上。眼看着巡逻舰被团团围困，他们仗着人多势众，只要能登上这艘巡逻舰，不在乎多死几个人。敌方的人像是越打越多！

巡逻舰上能战斗的人员现在只剩下不到200人了，他们面对的却是600多名的海盗。这两艘方帆双桅船已经变成了由海盗船小艇不断运来新的突击人员的过道了。这么大一群人，是无法抵挡的。

"西方塔号"已经血流成河了。受了伤的人在临终前的痉挛中，还挣扎着爬起身来开上最后一枪，捅最后一刀。一切在硝烟中混成一团糟。可是，只要还剩下一个人，科孚的旗帜就不会倒下。

在这场血腥的激战中，埃克查理斯像头凶猛的狮子一样搏杀。他没有离开过船尾，他用带子把一柄利斧绑在强壮的手腕上，照着海盗的头猛砍，多少回把达巴莱从死亡中搭救出来。

然而，达巴莱在这阵骚乱中却始终保持着镇定自若。他想了些什么呢？要投降吗？不，一个法国军官是决不会向海盗投降的。可是现在他该怎么办呢？效法英勇的比松号，在10个月前的一场相似战斗中，为了不落入土耳其人之手而壮烈炸船自沉吗？他是不是想让他的巡逻舰与这两艘靠在他船帮上的双桅船同归于尽呢？可这样一来，"西方塔号"上的所有人，包括"西方塔号"上的伤员和从斯塔科魔掌里夺过来的掳掠人口、那些妇女、孩子都得丧命……哈琼娜也得牺牲！……如果不炸船，他们又会被萨克拉迪夫抓去当奴隶卖掉的！

"小心啊，船长！"埃克查理斯大叫一声，跳到他面前。

只要迟一秒钟，达巴莱就被打死了。幸亏埃克查理斯一把揪住了那个想袭击他的海盗，把他扔进了海里。其他一些海盗有3次想挨近达巴莱，但都被埃克查理斯打倒在脚下了。

现在，巡航舰甲板已被整个冲上来的海盗占领了。海盗们恼恨"西方塔号"的炮手开炮打死他们那么多兄弟，击沉了那么多船只，都纷纷使刀向炮手们劈头盖脸猛砍狠剁。海盗已经占领了前桅，他们渐渐把舰上人员赶向尾楼。人数是一比十，这怎么能抵挡得住呢？现在就连达巴莱船长想炸毁巡逻舰都不可能了，冲上来的海盗已经堵满了通道，没办法到火药库去。

反正，海盗是以多战少。达巴莱船长他们被逼到船尾，他们受了伤的或死去了的伙伴的身体搭起了一道堤坝。站在前几排的，经后面几排一推拥，冲开这道血肉人墙，随即又垒上不少尸首，把这堵墙增高了不少。

"西方塔号"上的人给压到舰尾栏杆边沿，他们踏过尸体，趟着血水冲进了尾楼。这里聚集着50多个人，五六个军官，托德洛斯上尉也在，他们把船长围在中间，准备战斗到死。

在这个狭窄的空间，战斗更令人绝望！旗帜原来已经随着后檐桅杆从船篷的斜桁上掉下来了，现在又在船尾杠杆上重新升起。这是荣誉要求最后一个人坚守的最后一个岗位。

不管达巴莱船长和他的水手官员们多么坚决，他们也无法和占满了整艘船的五六百名海盗相抗衡。每一分钟都有护卫尾楼的水手在减少,而海盗们的战斗仍在继续。

现在的尾楼就像是一座碉堡,敌人发起了好几次进攻,为了拿下它不知流了多少鲜血。它终于被拿下了!"西方塔号"的水手们像一阵雪崩似地被压到在船尾栏杆边。他们在船艄上围住旗子,用他们的身体做成一道铜墙铁壁。达巴莱站在中间,一手握枪,一手拿短刀,奋力血战。

不!巡逻舰船长决不投降!可现在实在是众寡悬殊啊!他想死……可他无法死!好像那些进攻者都得到了密令要活捉他。就为了要执行这条密令,总有20多个狂热的家伙死在埃克查理斯的斧头下面。

达巴莱和他身边幸存的几个军官被捉住了。埃克查理斯和其他水手只能眼睁睁地看着,毫无办法。舰梢上,"西方塔号"的旗帜已经不再飘扬了!

与此同时,一片欢呼声、咒骂声和喊叫声在四周响起,迎接他们的头儿:"萨克拉迪夫……萨克拉迪夫!"

海盗头子终于在巡航舰的栏杆上出现了,海盗们急忙给他让出一条路来。他慢慢地朝船尾走来,毫不在乎脚下踩着的是同伴的尸体。接着,在爬上尾楼那鲜血淋淋的扶梯之后,他朝达巴莱走过去。

"西方塔号"船长现在看清了,刚才海盗们用萨克拉迪夫这个名字欢呼致敬的人竟然是尼古拉·斯塔科。

结　局

　　海盗船队和巡航舰的战斗延续了两个半小时还多。海盗方面死伤约有150多人，而"西方塔号"的250名水手中差不多也损失了同等数量的人员。这个数字说明了双方战斗的激烈程度。

　　可终究这是一场以多胜少的战斗，胜利并没有属于正义的一方。亨利·达巴莱、他的军官、水手以及那些奴隶们，现在全都落入残酷无情的萨克拉迪夫手中。

　　萨克拉迪夫和斯塔科实际上就是一个人，可在这以前根本就没有人知道用这名字的人是个希腊人，一个生在玛涅，一个为压迫者卖命的人。

　　是的，就是斯塔科在指挥着这群海盗船在海上兴风作浪，制造恐怖与死亡！就是他在干着无耻海盗营生的同时还经营着更无耻的人口买卖！是他把从土耳其人虎口里逃出来的同族人民卖给野蛮人和异教徒的！就是他，萨克拉迪夫！这个化名，或者说是这个贼帮里的称呼所指的，原来就是安德罗妮可·斯塔科的儿子！

萨克拉迪夫——我们现在应该这样称他了——萨克拉迪夫，多少年来一直以斯卡庞陀作为他的行动中心。在地中海东部的无名海湾深处，是他的船队泊船的地方。他的那伙无法无天的海盗盲目地崇拜着他，他要他们做什么伤天害理的勾当，他们就做什么。这群乌合之众聚集在20多艘船上，都听从他的调遣。

萨克拉迪夫自从驾着"卡里斯塔号"离开科孚后，就直接去了斯卡庞陀。他的计划就是在群岛之间继续干他的海盗，并希望碰到"西方塔号"。他看着它起航，目的是去追捕自己。但是，尽管他一面注意着"西方塔号"，他也一直在注意哈琼娜的下落，还有垂涎她的千万家产，也没有忘记要找亨利·达巴莱报仇。

于是，海盗船开始到处找寻"西方塔号"，虽然萨克拉迪夫经常听说"西方塔号"和它狠狠惩治群岛北部海盗的事，但是并没有找到过它的踪迹。人们传说是他指挥雷诺斯那一仗，打死了"西方塔号"的前任船长斯特拉德纳，其实根本就不是他。但是，趁巡逻舰在港口交战之际，驾驶小帆船潜逃的却正是他。只是，那时他还不知道"西方塔号"已经转交给亨利·达巴莱指挥了。他是在斯卡庞陀的集市上见到他时才知道他是"西方塔号"船长的。

萨克拉迪夫在离开喀索斯后，就把船停泊在希拉岛，直到"西方塔号"到达前两天才离开。人们看到双桅船大概是在向克里特岛航行,这并没有弄错。

当时在格拉布兹港还有另一艘船正等着把萨克拉迪夫送到斯卡庞陀去。"西方塔号"在他的船刚离开格拉布兹不久就发现他了,于是便马上跟踪追赶,但是他的船快,没追上。

萨克拉迪夫认出了"西方塔号",他最初的想法是冲上船去把它抢劫一空,然后毁掉以泄心头之恨。但是,再考虑了一下后,他想倒不如让巡逻舰沿着克里特岛追过来,把它引诱到斯卡庞陀海域,然后自己就在无人认识的偏僻小港湾里隐藏起来。萨克拉迪夫就是如此做的。海盗头子让船队排好阵形攻打巡逻舰,加上各种情况,于是悲剧就发生了。

之前的事情大家都知道了,也知道萨克拉迪夫为什么要到阿卡萨市场上来,同时也知道在俘虏群里他看到了哈琼娜之后,就跟巡逻舰船长亨利·达巴莱面对面地站在一起。

萨克拉迪夫还认为哈琼娜继承着科孚银行老板的巨大财产,所以想不顾一切把她弄到手……可是达巴莱让他的计划落空了。于是,萨克拉迪夫决定永远占有哈琼娜,向他的对手报复并毁掉"西方塔号"。

于是萨克拉迪夫带着斯科培洛回到了岛的西部。而达巴莱的想法是立即离开斯卡庞陀,把解救了的人们送回祖国。但海盗头子把差不多所有的船只都聚拢,第二天就出发了。现在的情况对萨克拉迪夫的行动很有利,所以"西方塔号"便陷入了重围。

当萨克拉迪夫阔步走上巡逻舰的甲板时正是下午3时。海上开始起风了，正好让其他船只移动到有利位置，把"西方塔号"置于他们的火力之下。至于那两艘横帆双桅船，紧紧地靠在船的两侧，是等候他们的首领安排上船。但萨克拉迪夫却忽略了一点，跟他一起留在巡逻舰上的只有100多名海盗。

萨克拉迪夫还没有跟达巴莱船长说话，他只和斯科培洛交换了几句话，斯科培洛便忙着把获救的俘虏以及军官、水手带到舱口，在那儿把他们和在炮位、中舱抓住的人合在一起，逼他们进底舱，并把舱盖盖紧。留给他们的命运是什么呢？肯定是可怕的，海盗将让他们与"西方塔号"同归于尽。

所以在尾楼上只剩下亨利·达巴莱和托德洛斯上尉，他们被卸掉武器，捆住手脚。萨克拉迪夫在10多个慓悍的海贼簇拥下走到他们面前。

"我原来还不知道，"他说，"'西方塔号'是由亨利·达巴莱指挥的呢！要是我早知道这件事，在克里特岛就不会放过你的，也就不会让你跑到斯卡庞陀市场上来跟我充什么慈悲了。"

"如果斯塔科有胆子在克里特岛等我们的话，他早就被吊在'西方塔'的桅杆上了！"达巴莱答道。

"真的？"萨克拉迪夫说，"那倒是个简单痛苦的处决……"

"是的，一个最适合海盗头子的方式！"

"当心，亨利·达巴莱，"萨克拉迪夫大叫，"当心！你的前桅横桁现在还在巡逻舰桅柱上,我只要打个手势……"

"你打呀!"

"军官不能被吊死!"托德洛斯上尉叫道:"开枪吧!这种死法太可耻了……"

"可耻的死法难道只有这一种吗?"达巴莱说道。

听到这句话,萨克拉迪夫做了个手势,海盗们对此心领神会,这是死亡的信号。

紧接着就有五六个人立刻扑到达巴莱身上,其他的人就去抓牢托德洛斯上尉,上尉拼命想挣脱绳索。"西方塔号"船长在一阵咒骂声中被拖到船头,绞具已经用横桁的帆边粗绳索准备妥当了,要不了几秒钟,这种侮辱性的刑具就要用在一位法国军官身上了。但就在这时,哈琼娜出现在甲板上。

哈琼娜是萨克拉迪夫下令带上来的,她知道了海盗头子就是斯塔科,可她依然保持着镇定和高傲。

她一来,眼睛就到处寻觅达巴莱。她不知道在大批死亡者中他是否还能幸存。她看到他了!他活着……还活着,在这生命的最后时刻!哈琼娜大叫着向他扑去。

"达巴莱!达巴莱!"

海盗把他们分开。萨克拉迪夫走向巡逻舰的舰头,突然在哈琼娜和达巴莱身旁站住,用讥讽的语气说:"哈琼娜终于落到斯塔科手里了!我现在拥有科孚最富有的银行女继承人了!"

"科孚银行老板的继承人,对,可就是没有遗产!"哈琼娜冷冰冰地回答。

萨克拉迪夫没听懂她话里的意思,他又说:"我想斯塔科的未婚妻不会因为他用了萨克拉迪夫的名字而拒绝他的婚事吧!"

"我?"哈琼娜叫喊道。

"你!"萨克拉迪夫更加嘲讽地说:"你应该对这位慷慨的'西方塔号'船长充满感激之情,这很好。可他所做的也正是我想做的!这都是为了您,绝不是为了那班俘虏,那些家伙我才不管呢!我只为了你一个人,我可以牺牲我全部的财产!再过一会儿,美丽的哈琼娜,我就要做您的主人……或者说,做您的奴隶了!"

一边说,萨克拉迪夫上前一步。哈琼娜紧紧抱住达巴莱。

"可怜虫!"她叫道。

"啊,是的!可怜极了,哈琼娜,"萨克拉迪夫回答,"我正打算用你的几千万把我从贫困中救出来呢!"

一听这话,哈琼娜便向萨克拉迪夫迎上去。

"斯塔科,"她平静地说:"你不要妄想得到哈琼娜·艾利真多一点财产!她什么都没有了!她已经用这笔钱替她的父亲赎罪了!斯塔科,我告诉你,哈琼娜·艾利真多现在比'西方塔号'上的任何一个落难者都穷!"

这个意料之外的揭露在萨克拉迪夫心里蓦然引起了一个变

化，他的态度突然变了。他眼里闪着愤怒的光！他刚才还指望哈琼娜能拿那笔钱来换达巴莱的命呢！而这几千万——她刚才说话的口气是不容置疑的——她一个钱也不剩了！

萨克拉迪夫看看哈琼娜，又看看达巴莱。斯科培洛在一旁观察着他，看得出这场悲剧的结局是怎样了。此外，他已经下了摧毁巡逻舰的命令，只等一个手势就去执行。

"去吧，斯科培洛！"萨克拉迪夫说。

斯科培洛和几个伙计下了通往炮座的扶梯，朝着位于"西方塔号"舰梢的火药舱走去。

这时，萨克拉迪夫命令海盗们回到双桅船上去，那两艘船还和巡逻舰搅在一起呢！

达巴莱立刻就明白了，萨克拉迪夫现在不仅仅要他的命来满足他的复仇心，他还想要把这几百个不幸的落难者跟达巴莱一起毁灭，来满足萨克拉迪夫那颗充满仇恨的扭曲的心。

两艘双桅船已经起锚了，正慢慢地离开"西方塔号"。舰上还剩20多个海盗。他们乘坐的小艇都泊在"西方塔号"旁边，萨克拉迪夫命令他们跟他一道下去。突然，他们又回到甲板上。

"下船吧！"斯科培洛说

"下船！"萨克拉迪夫用可怕的声音吼叫，"再过几分钟，这艘该死的船就什么也不剩了！嘿！你不想耻辱地死去吗，亨利·达巴莱？好！一声爆炸，'西方塔号'上不管是俘虏、船员，还是军官，保管叫你一个都不剩！你得谢谢我让这么多人陪你这样死去！"

"是的，要谢谢他，达巴莱！"哈琼娜说，"至少，他让我们死在一起！"

"你，死吗，哈琼娜！"萨克拉迪夫答道，"不！你还得活下去，当我的奴隶……我的奴隶！……懂得吗！"

"无耻！"达巴莱叫道。

"把她抓起来！"萨克拉迪夫命令。

"下船！没时间了！"他又补了一句。

两个海盗扑向哈琼娜，把她朝舰的舷门拖去。

"现在，"萨克拉迪夫高声大叫，"你们所有的人都跟'西方塔号'一道毁灭吧！所有的人……"

"是的！所有的人……你母亲和他们一起！"

俘房中的那个老妇人这时出现在甲板上，这一回，她脸上没戴面纱。

"我母亲……在船上？"萨克拉迪夫叫道。

"你的母亲，斯塔科！"安德罗妮可答道，"我就要死在你手里了！"

"把她拉过来！……把她拉过来！"萨克拉迪夫号叫着。

有几个手下扑向安德罗妮可。但是，就在这时候，"西方塔号"上的幸存者们砸开了底舱的盖板，冲了出来，随即便占领了甲板。

"来人啊！……来人啊！"萨克拉迪夫大叫着。

那些还在甲板上的海盗被斯科培洛带领着，企图去援助他。但都被"西方塔号"的水手们拿着斧头、短刀最后把他们干掉了。

此时的萨克拉迪夫知道自己完了，可至少，这些他恨的人都会跟他一起去死了。

"炸吧，该死的船！"他叫道，"炸吧！"

"炸？……我们的'西方塔'……永远不会炸！"

埃克查理斯出现了，他手里举着一截燃烧的导火线，这是他从火药舱拔出来的。接着，他霍地一跃，跳到萨克拉迪夫身上，一斧头把他砍翻在地。

安德罗妮可大叫一声。尽管她的儿子罪大恶极，但她心里还残留着对儿子的爱。刚才砍倒她儿子的那一斧头，她是多么希望他能让开啊……

人们见她走到斯塔科的尸身前跪了下去，仿佛在做最后的诀别，甚至还在替他祈求宽恕。随后，她也倒了下去。达巴莱立马奔到她面前……

"她死了！愿上帝为怜悯母亲而宽恕儿子吧！"他说。

这时，乘小艇逃跑的海盗接近了他们的双桅船，萨克拉迪夫死亡的消息立即传开了。海盗们想要替他报仇，于是将大炮又开始对准"西方塔号"轰鸣起来。

可这次没用了，达巴莱重新指挥了巡逻舰。他那还剩下100

多名水手马上就登上炮座和甲板上的短炮炮座，猛烈地回敬了海盗的排炮轰击。

没一会儿，其中的一艘横帆双桅船，就是萨克拉迪夫在上面挂着他那黑旗的那一艘，由于吃水线上部被击中，在海盗们的一片咒骂声中沉没了。

"好样的！小伙子们！好样的！"达巴莱叫道，"我们的'西方塔号'有救了！"

接着，双方又开始激战下去，但是敌船已经失去了不可征服的萨克拉迪夫的鼓动，不敢冒险再作一次新的近船肉搏战了。

一会儿功夫，整个海盗船队只剩下5艘船了，"西方塔号"的大炮能够远距离击沉它们。就在这时，刮起了强劲的海风，那些海盗船掉转船头纷纷逃窜。

"希腊万岁！"达巴莱船长叫道。

这时，"西方塔号"的旗帜升上了主桅。

"法兰西万岁！"全体船员一齐高声响应，并把两国的名字联系起来，这两个国家的名字在独立战争时曾经紧密地连接在一起。

这时是下午5时，虽然大家疲惫不堪，但是没有一个人肯在巡逻舰能够正常行驶之前休息。他们装好备用桅杆，修好损坏部分，换上新的索具，修好了舵轮。当天晚上，"西方塔号"便向西北方向驶去。

人们满怀敬意地把安德罗妮可的遗体放在了桅楼上，以表示对她的爱国热忱的纪念。达巴莱准备把她的遗体送回她的故乡玛涅。至于那个恶魔斯塔科的尸体，就在他脚上捆了一枚炮弹，将他沉入群岛海底了。这个以萨克拉迪夫为名号的江洋大盗生前就正是在这一带海域肆意滋扰，犯下了滔天大罪。

之后又经过了一天的航行，在9月7日晚上6时左右，"西方塔号"看见了爱琴岛，于是它缓缓地进入港口。经过了一年的海上巡航，它终于完成了它的使命。

船上的乘客不停地欢呼，接着，达巴莱向船上的军官和乘客们告别，他把"西方塔号"的指挥权交给了托德洛斯上尉，而哈琼娜则把这艘船作为礼物献给了希腊新政府。

几天后，"西方塔号"的全体官兵和它运载回来的被救人员都参加了哈琼娜与达巴莱的婚礼。第二天，这一对新婚夫妇和永不离开他们的埃克查理斯一起动身到法国去了，他们打算等情况允许后再回来。

饱经动荡的海面又重新归于平静，最后一批海盗也被消灭了，而"西方塔号"在托德洛斯船长的号令下，再也看不到黑旗的踪影了，它已经跟随萨克拉迪夫一起沉没了。群岛间的硝烟散去，随着最后一颗火星的熄灭，这里又恢复了远东商业的繁荣。

由于希腊儿女们的英勇和顽强的精神，希腊王国终于恢复了欧洲自由国家的地位。在1829年3月22日，苏丹与欧洲同盟签订的协议。同年的9月22日,贝特拉一战更加加快了希腊人独立的步伐。

1832年,由于签订了伦敦条约,希腊国王奥同·德·巴威尔戴上了希腊王冠,希腊王国便由此建立了。

大约就在这个时候,亨利·达巴莱和哈琼娜又回到了希腊定居了。虽然他们并不富裕,过着简朴的生活,但是他们已经觉得很幸福了。